KB126355

우리 밥 한 번 먹어요

이 도서의 국립중앙도서관 출판예정도서목록(CIP)은 서지정보유
통지원시스템 홈페이지(http://seoji.nl.go.kr)와 국가자료종합목
록 구축시스템(http://kolis-net.nl.go.kr)에서 이용하실 수 있습니
다. (CIP제어번호 : CIP2019044986)

우리 밥 한 번 먹어요

박종영 시집

29

시와정신시인선

시와정신사

시인의 말

밥 문화

밥에 대한 이미지와 풍경

수 없이 내뱉는 지켜지지 못할 약속

밥 한번 먹자는데 그게 대수인가

한편으로는 편안하고 익숙한 말이다

일상생활 속에서 익숙하게 젖어드는 말이다

이젠 은근히 정이 가는 말이다

그 익숙한 말 속으로 빠져들어가 보자

차 례

____ 제1부

____ 제3부

___ 제4부

___ 제1부

9.24말

핑계 아닌 핑계로 해명하기 급급한 나머지
이실직고 없이 마운드에 올라섰다
매사에 실수투성이 피칭
쓱 훑어보고 신중하게 도루를 하다 덜컥 잡혔다

원아웃
조바심에 관음증이 돋아 훔치고 싶어 미친다
볼을 감춘 채 열중쉬어 텔레비전 앞에서 고독해진다
오징어는 찢길 대로 찢겨 나뒹굴고 벌써 3병째 병나발
열 일 제쳐놓고 아들 내외가 달려왔다
사고를 친 아버지를 위한 구원투수
혀 꼬인 아버지의 연속 탈삼진

투아웃
아버지가 한눈파는 사이 아들의 연속 볼넷
관중들 함성에 야구장이 흔들리고 난리다
투수 교체 중
예쁜 앵무새가 9시 뉴스앵커처럼 말한다
어떻게든 막아야 한다

소리 없이 현관문 비밀번호를 누르는 바람

졸려서 반쯤 덮인 아버지 차양을 바지랑대로 올려도 소
용없다

벗어놓은 집중이 흐릿한 듯

입가에 가득 번지는 미소

다음 타석

무승부 없는 무한대 야간경기

혀 꼬인 아버지의 만루 타석

9회 말 투아웃에 터진 불꽃놀이 아치홈런

입이 터져 틀니가 방바닥에 굴러다닌다

가면무도회

번민의 골짜기를 지나 보리수나무 밑에서 속죄를 하고
참선의 구도에 들었다

아름다워지기 위해 모든 사람들이 카시오피아를 탐했고
비윤리적인 행동으로

천형의 이슬로 사라지는 불행을 겪기도 했다

내 오른손이 움직일 때마다 보푸라기처럼 솟아나는 천체
의 문양들

피부가 움직일 때마다 해석되지 못한 문장들로 온 천지
가 가득 찼다

지문은 하늘에서 진눈깨비처럼 쏟아져 내렸고

이슬의 형장은 항상 홍건한 핏물로 고여 있었다

독주를 마신 탐관들이 애인을 데리고 술판을 벌였고

몇 날 며칠을 흐릿한 눈동자로 지각을 망각한 채 환각상
태에서 꿈틀거렸다

손은 무엇을 잡거나 놓아주기 위해 태어나는 것

풀지 못한 수수께끼는 풀어야만 살아남을 수 있는 사람
들의 몫

컴컴한 어둠 속에서 손목을 자른다

덜렁거리는 손목을 들고 거리에 나섰다

거리는 온통 흔들리는 것들 뿐

안이 훤히 들여다보이는 투명한 내장들이 아메바처럼 허공을 유영한다

아가미 호흡으로 생명을 연명하던 종족들이 가면을 쓰고 춤을 춘다

호두까기 인형들의 반란

거리는 온통 하혈로 찍힌 지문들의 천국

찍히지 않고는 성립될 수 없는 원리

구름이 뱉어낸 석류들이 부러진 이빨과 함께 섞여 나왔다

발췌된 몸뚱어리가 여기저기 뒹군다

화냥년의 딸로 태어나 화려한 불빛 아래에서 춤을 춘다

애증의 그림자들이 공존하는 무도회

편종과 관악이 어우러져 흐르는 궁중음악이 술잔 속으로 흘렀고

경전을 읽은 자들은 뼛속이 말라가는 희귀병으로 시름을 앓고 있다

흥분은 발화를 모색하게 만든 시발점이 되었고

입이 없는 자들이 모나리자의 풀어헤친 젖가슴을 빨고 있다

가슴은 홀쭉한 절벽

아주 낮게 새들이 날며 바람에 감긴다

나도 그 속에서 팔을 벌린 채 지문으로 서로 조우한다

개장수

나는 개를 훔쳤다

침을 흘리고 있는 그림자를 잡아당겨
입마개로 입을 봉했다
개는 나를 훔치려고 으르렁거렸다
호락호락 넘어갈 내가 아니다

성기를 아무에게나 보여주며
아무렇지 않은 듯 뻔뻔스러운 놈이다
손버릇도 별 몇 개 단 놈 뺨친다
이유 없이 떠는 유별난 지랄은 세련됐다
머리를 묶어 리본을 단 개를 보면
엉덩이를 흔들며 눈빛 하트를 날리는 프로다
몸에 밴 타고난 끼는 여전하다

공원 벤치 점심 내기 장기판을 기웃거린다
세워둔 자전거 짐칸에 올라가 훈수를 둔다
한수 한수의 손등에 고단함이 잔뜩 묻어 있다
개싸움이나 장기판이나 지구력이 필요한 법

옹기종기 모여 구경꾼이 수다를 떤다

엿장수 가위에 대갈통을 한 대 얻어맞고
개평이랍시고 분질러진 엿 한 동강을 겨우 얻어먹는다
멀리서 눈 맞은 개가 위에 올라가 연기를 한다
리본을 단 갈래 머리가 나풀거린다
개 판 돈을 들고 노름판을 기웃거린다

개가 개장수의 머리를 쓰다듬는다

게임중독

– 주의사항 –
번개는 자장면 시켜 먹을 때 적용하는 말
연습은 벌레를 훈련시킬 때 쓰는 용어
리그는 그들만이 서로 주고받는 일상적인 언어
식물은 기르는 사람의 몫
밑바닥은 누워야만 확인할 수 있는 공간
낙엽은 바람의 방향에 따라 굴러가는 진행형
뒹굴뒹굴은 백수가 할 일 없을 때 하는 기척

지껄여라
내가 반응할 때까지
설득 따윈 필요 없다
탈선하는 기차에 오를 것인가
붉은 장미를 머리에 꽂은 여자
119와 친한 사이

눈동자가 풀려도 되는 것입니까

다 압니다

쓸데없이 게거품 물지 마세요

용기는 식기 전에 나눠 드시고요

당신을 방관자로 체포하겠습니다

묵비권을 행사할 수 있습니다

입이 심심하면 다물지 마세요

체포도 당신이 알아서 합니까

보기 흉하면

눈시울은 뽑아 벽에 걸어 두세요

덜 잠긴 수도꼭지는

그냥 놔둬도 괜찮습니다

집착은 따로 시간을 드리겠습니다

컴퓨터에 미쳐본 적 있습니까

당신은 컴퓨터 노예입니까

관계의 오류

너와 나는 견고한 종속관계

존재를 부각시켜 터트리는 자
비계만 골라내는 자
때론 투명한 감각을 수저 위에 놓고
음미하며 음식을 먹는 미식가
진담처럼 오랜 수다를 쏟아내는 수다쟁이
그녀는 오래도록 묵힌 숙성된장
디저트로 가벼워지는 인스턴트식품
궁합이 척척 맞는 점쟁이
툭하면 언쟁으로 이웃과 다퉈 손해 보는 쌈닭
맛있는 음식을 제어 못하는 돼지
의뢰인과 맺어진 결혼정보회사 직원
우애가 돈독해져야만 환해지는 순애보
뱃살은 남겨두고 다이어트와 결혼한 뚱보
거대한 하마의 등을 쓰다듬는 파리
두툼한 뱃살은 나의 인격
두려움 따위는 버리고 나온 당찬 선수

나태함이나 게으름이나 똑같은 말장난

또다시 묻는데 나와 당신의 관계는 무엇?

날개

나는 유리 방안에 쌓인 털
내 몸속에 날다 뽑힌 깃털이 들어 있다
투명한 안개 사이로 비친 내부
안쪽에 정체되어 있는 공간에는 구름이 떠다녔다
정박해 빠져나오지 못하는 전설과
외벽을 타고 거슬러 오르다 만난 지느러미
어둠을 밀고 터널을 지나 새벽은 늘 그렇게 다가왔다
소용돌이는 가벼움이 전해주는 어깨
어디쯤 귀를 내려놓고 정착할까
살아서 물 위에 떠다닌다
일렁이며 다시 떠올라 날다가 다시 가라앉기
음악 소리는 귀들과의 입맞춤
귀를 열면 소리가 입이 되기도 하고
입을 열면 눈이 귀가 되기도 한다
눈을 뜨면 하늘이 열리고
하늘이 열리면 깃털이 난다
충전 900프로

내외하다

나뭇가지마다 한쪽 방향으로
생각이 돈다
노을이 물들고 그림자가 길어지면
길어질수록 접히는 하루
일을 마치고 돌아온 저 고단한 등짝

잠깐이면 나뭇잎 사이로
어둠은 쏟아질 텐데
저리도 뻐꾹새는 울어대는지

애절한 울음을 들으며
밤새도록 겉절이 같은 이야기를 한다

스산한 바람에 잎사귀가 흔들리고
난 저 아름다운 광경을 두고
그냥 지나칠 수 없다

갈대숲이 흔들리는 동안
새들은 누구랄 것도 없이

붉은 노을 속으로 들어간다

저녁이 암흑색으로 바뀔 때
어둠과 내외하는 이들이 참 아름답다

누에고치

연두색 잠바를 걸친 애벌레가
휠체어를 힘껏 밀며 다리를 건너오고 있다
흰 머리카락을 휘날리는 바람에도 주름은 있었다
푸른 목장
넓은 초원은 놀이터
촘촘하고 길게 뽑아 수놓은 원단
깊게 빨아 목젖까지 들이마셔야 제 맛
청색 연기는 주름의 속치마
연기는 주름의 흐르는 일부분
주름을 꺼내 말린다
교감신경계와 부교감신경계를 넘나들던 가슴 찔리는 사람
제대로 바람 들었다
염색체가 분해되어 민들레 홀씨처럼 날아다녔다
텔로미어로 통하는 길
흐린 날에도 자외선은 하루 두 번씩 춤춘다
버려진 죽음이란 단어
피해 갈 수 없다면 즐기란다
돌돌 말아 갉아 엎은 재미
뜯지도 않고 휴지통에 버려진 시간 뭉치

배은망덕이나 후레자식처럼 질긴 단어

손바닥 위로 퍼지는 곰팡이의 번식

그림자는 그림을 그리지 못한다

물속에서 물갈퀴처럼 펼쳐진 손바닥

끓는 물에 머리카락을 통째로 집어넣고 삶았다

빗줄기가 사선을 긋고 지나간다

낙숫물 소리가 요란을 떨고

술 취한 애벌레는 아직도 잠자는 중

늙은 지혜

등 한가운데가 가려워
손을 뻗었다
손이 닿지 않는다

문득

할멈이 그립다
투정을 부려도
대답 없이 긁어주던 손

방안을 이리저리 배회한다
아무리 찾아도
등 긁어줄 물건 하나 없다

모서리를 방바닥에 놓고
그 위에 등을 갖다 댄다
몸을 아래위로 움직인다

등은 아프다고 난리고
방바닥은 시원해 죽는다

닭 짱

라면과 김밥이 나왔다

맛있으면 내 마음속에 저장

목젖이 정신없다

유산균으로 발달된 뱃속

수축운동으로 단련시켰다

닭들이 노랗게 누운

토막살인 현장

젓가락을 타고 올라 휘청

터널에 길게 누운 생매장

노랗게 입술을 발라 멋도 내 본다

바닷물에 저장되어 노랗게 숙성된 몸

입속에서 노랗게 핀다

분식집을 자주 들락거리는 햇병아리

면발 위에 얹혀 비행기도 타보고

노란 병아리들이 옆으로 누웠다

두껍아

개울물이 불어 넘쳐 바람이 풀리고
짙은 어둠이 한쪽으로 밀리고 있다

바람의 각도에는 냄새가 들어있다
나뭇가지에 걸려 떨어지지 않는 귀

굴곡진 주름이 그늘을 만들고
한 뼘씩 말라가는 단풍은 속설이 들어있다

바람이 턱을 흔들며 걸어온다
밑 빠진 쌀독엔 새들이 들락거렸다

오후를 베고 잠든 고양이 위로
햇살의 양껏 늘어진다

담벼락 밑
고양이 졸음이 저장된 곳엔 풀꽃이 피었다

해바라기 씨앗 까맣게 익기만 바라던 들판

미련 없이 미련을 버리고 돌아선 바람

멀리서 들려오는 휘파람 소리
두껍아 헌 집 줄게 새집 다오

레코드판

불빛이 벽지를 타고 흘러내렸다

참새가 허공을 신고 다녀갔다

발끝을 뾰족 세우고 달렸고

한동안 발톱이 빠져 끙끙 앓았다

움켜쥘 수 없는 진실

뒷골목 지하는 늘 그랬다

술 취한 새들이 줄곧 다녀가는 곳

외벽은 지린내를 달고 살았다

익숙함이 친숙함으로 되었고

쭈뼛함이 무던함으로 변했다

몸을 부르르 떤 후 허리춤을 추스렸다

까맣게 돌아가는 길 위에 노래를 뿌렸다

늘 새벽은 이런 식으로 시작이다

고단함이 휘청거림을 끌고 갔고

바늘이 몸 위를 빙글빙글 돌아다녔다

추억이 소환되고 있다

리콜 스트립

대낮에 옷을 벗고 구경거리가 뛰어다닌다
사람들은 눈 둘 곳이 없어 안절부절
구경거리는 색안경을 끼고 처다봤고
색안경을 낀 눈들이 모여 안경점을 차렸다
허기는 허세를 데리고 놀았고
난시 요정들이 시동을 끈 채 다리를 흔들었다
머리숱 없는 뒤통수에는 바람이 항상 미끄러졌다
긴 머리를 다 벗어버린 이마
승려들이 텃밭에서 머리를 심고 있다
두툼한 안경을 쓰고
발끝으로 박자를 맞춰 흘러간 팝송을 우물거린다
토끼는 거북이 아내
깡충깡충은 토끼 옷을 훔쳤다
안경 위로 넘겨보는 맛은 훔쳐보는 맛보다 즐거웠다
안경알 위로 바늘이 튀고 있다
당신은 불량품 리콜 대상

막말

어떨 땐 무심코 말이 말을 건드리는 것을 보았다
수차례 말에게서 연락이 왔고
해답을 얻기 위해 따뜻함으로 목을 감쌌다
넘어가다가 걸려 답답해져
덥석 삼키기 어렵다는 투정
오래도록 체증에 시달리며 토를 달았다

읽기 좋은 문장으로 바뀌었다
채찍이 휘어지도록 헛된 망언을 퍼부었다
말에 점령당하고 돌아서던 입
순간이 헛수고를 말렸다
투정은 항상 웅크렸다 퍼지는 내면의 표정

수다에 담겨 서서히 풀어져 흩어진 말투
중요치 않은 허설이 거리에 난무했다
손바닥으로 눌러 물속으로 가라앉히기까지
부르트도록 아니 짓무르도록 힘껏 눌렀다고 해명했다
중얼거림은 누군가에게 말을 걸기 위한 전조증상
바람이 말을 업고 유리창에 달라붙었다

잠깐의 말실수는 용납되지 않는 추태
복잡한 구강구조를 가진 너는 이방인
이어폰을 끼고 머리를 흔들며 중얼거린다
막말이 고개를 들 때까지

막연한 다음

시간이 흐를수록
흐릿한 기억들

지금까지
내 몸에 붙어 살아온 너

가까이에서 볼 수 없는
먼 곳이 자꾸 생겨난다

소멸이 융모처럼 하얗게 돋아난다

소중했던 대상이
생소한 남이 되어가는 과정

어둠 속에서 동물들
꼬리를 감추고 달아난다

기억이 흥건하게 젖어 있는 하얀 병실
정신 나간 사람들이 정신을 틀어막고 있다

감출 수 없는 것들과
감추지 못하는 것들 사이에
기억이 바람소리를 낸다

허튼소리를 버무린 머릿속
하얗게 죽어가고
하얗게 말라간다

제2부

목련

비를 좋아하던 그녀
아이스커피를 하나 들고 그녀를 만나러 간다
그녀에게선 희고 깨끗한 냄새가 난다
그녀의 몸은 뽀얀 우윳빛깔
그녀를 만나면 내 마음도 맑고 순수해진다

그녀가 좋아하는 빗속에는 슬픔이 묻어 있고
그녀의 눈망울 속에는 외로움이 가득 들어있다
하얀 그리움을 만나러 가는 길
항상 신비스럽고 설렌다

차창 밖은 짙은 녹음이 스쳐 지나가고
이렇게 비가 내리는 밤이면
내 마음도 빗물이 되어
그녀 속으로 스며들어 흠뻑 젖는다

비가 내리는 캄캄한 밤이면 지독한 그리움이 밀려오고
인기척에 무심코 창밖을 보면
안개꽃처럼 환한 웃음의 그녀가 비를 맞고 서 있다

바람

밤이슬 쫄딱 맞고 쏘다닌 걸 보니
저놈 제대로 바람났다

여기저기 꼬리 치며 다정을 주고
목줄에 묶여 안달을 짓던 녀석

다리를 들고 영역표시를 하며
헛바닥을 빼내 능청을 핥는다

상습적으로 안절부절 눈길이 몽롱하다
낑낑대며 아랑곳하지 않는다

리본을 단 친구를 보면 환장을 한다
꼬리를 흔들며 바짓단을 붙잡고 난리법석이다

앞발로 주둥이를 문지르고 애교를 부리며
발톱에 긁혀 눈 밑이 빨갛도록 미쳐 날뛴다

바람개비

똑같은 사선 방향으로 돌고 있다
네 것 내 것 할 것 없이 돌아도 되는 걸까

고욤만 한 것들이 한 뼘 안에 갇혀 오기도 하고
뻥 뚫린 가슴 밑에 세 들어 살기도 하고
빗방울이 천정을 뚫고 들이닥쳤을 때도
마음의 여유를 부리며 꿈쩍도 하지 않았다

손가락 사이로 바람이 흩어져 불었다
서걱서걱 발뒤꿈치가 간지러웠고
더듬이는 항상 수동이었다
이렇게 돌아도 되는 겁니까?

구체화하기 위한 허상의 몸부림
너무 오랫동안 버텼나
방금 생겨난 빈 집들이 쏟아졌다
그곳에서는 낯설고 생소한 고객들이 계속 생겨났다
잃어버린 손이 자물쇠를 매일 따고 있다

빈 그릇 안에서 헛바퀴만 도는 손목

자장면 시키신 분이 없다
난해한 문자를 해독하기 어려워 빈 입만 훔쳤다
자꾸만 전이되어 가는 내장형 뒷모습
보급형 인간을 수도 없이 찍어내고 있다
콧물과 재채기는 옷소매에 붙어 말랐다

우리는 정물화를 그리는 화가
시린 어둠이 서릿발을 타고 옷깃을 휘날린다
꽤나 두터운 하루가 재수 없게 돌아간다
재수를 횡재로 바꿔 쓴다

봄이 오는 소리

눈을 감고 마음으로 느껴보세요

창문을 열고 스피커를 끄고

자연의 소리를 들어 보세요

졸졸졸 시냇물 소리가 들리시나요

숲 속 나무들의 숨소리가 들리나요

맑고 깨끗한 숲 냄새가 느껴질 거예요

조금 전에 봄이 도착했습니다

봄꽃도 한가득 가지고 왔네요

숲 속에 봄을 심어볼까요

붉은 사월

꿈틀거리는 주름을 쥐어짰다
주름은 벌레다
벌레는 욕을 얻어먹고 자지러진다
성깔머리 하나는 그물처럼 생긴 듬성듬성 대머리다
머릿속을 하얗게 지운다
붉은 아가미 호흡은 지느러미의 불분명한 사용처
사월의 미래를 말해도 되는 겁니까
일관성은 지우개로 지워놓은 미토콘드리아
머릿속을 뚫고 해파리가 지나갔다
허공이 하얗게 흩어졌나 봐
머리 위로 뒹구는 붉은 꽃잎

낯선 생명체의 몸부림
바닥에 엉겨 붙어 찰지게 일을 치르고 있다
땀 냄새로 가득한 방안
밤꽃 향기로 들어찼다
미치도록 고구마를 찐다
초점은 동공을 팽창시킨 하수인
비린 장미꽃 향기가 진동한다

떨어진 꽃잎은 두 장
거친 숨 몇 호흡이 서로에게 급하다

꿈틀거리는 욕망은 벌레다
취재기자의 막말
죽은 쥐가 여기저기 널브러져 있다
전파는 공중을 타고 오는 익숙한 이야기
언 시체 위로 하얀 눈발이 날렸다
체온이 방전된 줄도 모르고
차가운 입속에서 아기들이 쏟아져 나왔다

뿌연 잔소리

개 짖는 소리가 새벽을 깨웁니다
스카프를 두르고 교회를 가는 어머니
발자국 소리가 분주합니다
새벽이 안개와 정적 속에 갇혔습니다
새벽은 아침의 이전입니다
아침은 잘 챙겨 먹어야 한다고 말합니다
아침밥은 어머니 다음으로 소중한 절차
안개는 새벽에 자주 갇히는 실수를 합니다
그럴 때마다 우리는 자주 휘청거립니다
안개는 우산처럼 마을을 덮었고
굴뚝마다 밥 타는 냄새가 진동을 합니다
뿌옇다는 말은 잘 보이지 않는다는 말과 서로 혼동합니다
국어시간에 배운 말들이 아득하기만 합니다
자식 잘되라고
자식 욕 안 먹으라고
어머니는 잔소리를 소나기처럼 퍼부어댑니다

사과박스

유동적인 사람들
시계추처럼 움직이는 일상을 스케치한다
나와 나 이외의 관계는 쉬지 않고 접속
노숙과 일반 관계는 계속해서 이루어질까
행인의 눈동자에 화살이 박힌다
정확한 명중 이런 행위가 변론의 대상이 됩니까
눈에 박힌 화살을 손으로 뺀다
침침한 눈으로 그의 뒷부분을 더듬는다
관계는 지속될까
아이들이 바람의 반대 방향으로 뛰어간다
굴착기들이 송유관을 파낸다
검은 아이들이 튀어올랐다 떨어진다
고개를 뒤로 돌리고 뒷걸음질 치는 아이들
신문지 밑 라면박스 밑 사람들이 부족하다
꿈틀거림 속의 낯익은 미동
바람이 들썩거린다
소주병이 굴러다니고
그 안에 슬픔이 들었다
밀착된 어둠이 서로에게 익숙하다
그들은 새우처럼 굽었다

사이

한쪽 귀에 연필을 꽂고
허공에 먹줄을 튕긴다

둔각과 예각 중간쯤 어딘가에
눈길을 척 걸어두었다

새들이 알약을 파는 사이
뚝딱 집을 지었다

눈길 뜯어와 벽에 하나씩 붙이고
둥지에 갇혀 캄캄하게 늙어간다

생각이 와르르 무너진 사이
날개를 퍼덕여 미안하지 않게 난다

발버둥이란 단어를 두고
얼마 동안 치대며 살아왔던가

흰 벽을 기어오르던 거미

벽에 붙어 하얗게 숨을 거둔다

저 밑 누군가 낮은 포복으로 올라오고 있다
길을 더듬어 참기름을 발라놓고 웃는 하루

가만 보니
새가 나무에 앉은 각도가 전혀 다르다

샴푸

소문이 집으로 들이닥쳤고
물방울 소리가 귀를 잡아당겼다
소리가 일제히 일어나 퍼붓는다

눈을 질끈 감고 모두 머리를 쑤셔박고 있다
머리채가 수챗구멍으로 빨려 들어갔고
쏟아지는 비명을 물줄기가 전부 빨아먹었다

머리채를 뜯겨 몸이 잘려나간 아이
맷돌처럼 돌아간다
어지러움을 동반한 창백함
불안은 어느덧 뼛속 깊이 파고들었고
무기력한 사람들은 발만 동동 굴렀다

사정없이 갈아대는 날카로운 칼날
소용돌이치며 빨려 들어가는 아이들
물속은 아이들을 잡아먹고 잔잔하다
저 멀리서 손짓으로 부르는 아버지

아이 대신 머리가 태어난다

섬

그녀의 바다에는 불이 꺼져 있다
항상 그녀의 집 앞에 도착하면
헛기침으로 창문을 두드린다
양복을 빼 입고 목에 힘을 줘
거드름을 피며 허세를 부리기도 한다
지구가 가끔 떨어져 바다에 빠진다
사람도 그랬다
술 취한 자들이 소주병 옆을 지나간다
소주가 노래를 시켰고
안주는 소주와 함께 부르자고 졸랐다
사연 있는 사람들이 줄을 서서 코인을 넣고 술을 마신다
소용돌이치는 공간
기척이 멀미를 한다
슬하에 자녀는 몇 명 됐냐고 물어온다
김치국이 대신 대답해 준다
요새는 정치 이야기보다는 먹고사는 이야기가 많다
지구만 한 크기로 부풀려 뻥들이 입에서 입으로 돌아다
닌다
단도직입적으로 말해서 섬의 주소를 정확히 아는 사람이

없다

바다가 언뜻 말할 때 제대로 적지 못한 게 나의 불찰이다

엄마에게 미안하다고 말할 작정이다

엄마는 멀리 있어 두 개였다가 하나였다가 구분하기 힘
들다

거기에 가면 소주병이 둥둥 떠다닌다

그런 날은 짝짓기가 잘 된다

그녀에게 먼저 가 있으라고 말한다

유혹은 뿌리가 깊다

바다 위에 잠깐 누웠다 간다는 게 한나절이 지났다

한나절의 길이는 많이 길다

바다 위에는 그녀가 떠다닌다

손발론

뒤 굽이 닳아있는 신발 한 짝
말 안 듣는다고 콘크리트 담벼락 위에 놓고 간 아버지
아이는 빽빽 소리 높여 울었다
아버지가 떠난 담벼락
여러 번 점프를 해보지만 손이 닿지 않는다
손이 작아서일까
키가 작아서일까
고민이 고민을 키운다
손을 키운다
고작 한 뼘 밖에 안 되는 손
담장 너머에서 건너온 감나무 밑에
두 녀석이 손을 들고 서 있다
한 녀석이 손이 유난히 컸다
손을 키우는 방법을 물어 전수받아온 아이
손이 커지면 무엇이든 하겠다고 다짐
기도를 시작했다
수많은 세월이 흐르고 손이 무럭무럭 자랐다
긴 손은 바지랑대가 되었고
바지랑대는 낡은 신발을 건져 올리고
남들보다 긴 손으로 어려운 일을 많이 하는 사람이 되었다

식탁 비행장

한 손으로 생선뼈를 발라내고
다른 손으로 숟가락에 밥을 떠
재잘대는 입을 틀어막는다
식탁은 화목을 위장한 전쟁터
넥타이를 매다 말고 밥상머리에 앉은 선임병사
가족 구성원이 된 신참병사에게 소리 높여
꾸지람으로 시작된 아침 조회
흰쌀밥은 목구멍에 넘기기 힘든 모래알
끝나지 않은 지루한 훈시에 하품은 쏟아지고
밥숟가락은 활주로에 진입도 못한 채 제자리걸음
관제탑에서 수시로 보내온 엄마의 수신호
착륙허가를 받지 못한 파리들만 활주로를 배회하고 있다

아마도

찌릿찌릿 전류가 흐르는 나무
퇴근한 저녁부터 아침까지 춤을 췄다
잠자던 어둠이 두 동강으로 잘려 나갔다
난기류는 새들이 통과하는 골목
흐리고 안개 낀 날이면 빗물이 발등을 쪼아 댄다
소용돌이가 미궁을 끌고 가는 새벽
발음이 더딘 아이들이 뱃속에서 방방을 탄다
일주일이 두 번 지나도록 버겁다
전기를 배불리 먹고 너스레를 떨던 기계
아이들을 가르치며 방귀를 뀌는 스피노자
벽에 걸린 와이셔츠 웃음꽃이 활짝 피었다
공기를 주머니에 몇 주먹 넣어 다녔다
스트레스 밑둥치가 찍혀 넘어질 때
호흡 몇 모금 꺼내 고개 들고 마시는 새들
햇살을 꺾어 집안으로 유인했다
턱선을 타고 새들이 미끄럼 타고 내려왔고
안에 든 내용물이 죄다 쏟아졌다
침묵은 소리 없이 울었고
더듬이는 천정을 뚫고 하늘 높이 자랐다

온몸이 가렵더니 강낭콩이 뱃속에서 싹을 틔웠다
태반을 탈출하려는 완벽에 가까운 방법
양수는 엄마의 바다
째려보는 눈빛에 매달린 풍선이 터졌다
너스레는 아마도 내 몫인가 보다

양말 식당

울긋불긋 꽃들이 널려 있다
한쪽 발이 잠겨 있었고
거품을 입에 물고 때를 벗기고 있다
비 오는 날 메뉴는 한결같다
해명으로 일관하는 투정
같은 경로의 거짓말
함께이면서 함께이지 않는 별개
이루어지지 않는 말 앞에서
표정을 잘근잘근 씹는다
도레미파를 송송 썰어 넣고 끓인다
솔라시도는 냉장고에 넣어둔다
입들이 모여든다
즐거운 입들이 행복을 다른 말로 고쳐 쓴다
덜컥 어른들이 뱃속에 잠겨 있다
어둠 속에서 벌어진 다툼
수축과 팽창의 견고한 미세조직 움직임
쓰레기통에 버려진 행주를 씹는다
입속에 득실득실한 곰팡이
손이 불쑥 들어온다

무언가를 끄집어낸다
썩은 양말 한 켤레가 허공에 매달려 있다
전깃줄 하나에 지탱한 몸
식당의 비밀을 빨아먹고 있다

어처구니없는

아내는 내 입을 봉하는 선수

아껴두었던 내 입을 봉해 뭐든지 날로 먹으려는 날강도

심심하면 내 입을 우려내 어떻게든 등쳐먹으려는 사기꾼

나를 수술대 위에 놓고 헛짓거리를 한다

입이 굳은 시체를 데려와 해부를 하고 봉합을 하고 난장판이다

수다의 만찬을 위해 묶어두었던 입들을 푼다

식탁 위에 쏟아져 넘치는 말들

오래도록 까먹다 목이 메어 물을 축이는 찬스

봉인되었던 말이 입 밖으로 튀어나와 시원하다는 낭설

이빨이 가려워 잇몸을 긁었다는 어처구니

혀로 당신 몸 구석구석을 긴장시켰다는 야설

당신과 내가 깃을 세워 익숙한 행동으로 뜨겁게 불살랐다는 화설

혀에 덴 뜨거운 글이 까맣게 타버렸다는 학설

당신은 오래도록 알 수 없는 고통으로 울었다는 허설

입술이 입술을 물어뜯고 행복해졌다는 낭설

입은 무거워야 제멋이라는 이유를 여지없이 깨버리는 파설

어둠 속에서 혀라는 붓을 들고 그림을 그리는 가설

어둠이 어둠을 만나 캄캄하게 젖는 사이라는 초설

뚜껑이 열린 채 버려진 쓰레기통에 들어가 뚜껑을 닫고
알을 품고 있다는 장설

내가 나도 모르는데 나에 대한 몹쓸 상상으로 헤어나지
못하고 있는 전설

빨간 원숭이 똥구멍을 손가락으로 후벼 파고 있는 역설

내가 생각해도 이러고 있는 것이 어처구니가 없는

____ 제3부

역행(逆行)

허술한 하루를 빗소리가 잡아당긴다
누가 산호 조각을 줍고 있다

호흡을 닫으며 입에서 똥 냄새가 난다
금방 지워지는 그림 위를 새들이 난다

발자국이 날면서 엉덩이를 툭툭 턴다
겨드랑이 처마에서 닭발을 뜯는 소나기

새벽은 딸랑딸랑 두부장수를 뜯어먹고
아이가 손을 들고 수평선을 가리킨다

엄마 얼굴에 호호 불어 유리창을 그린다
유리창에서 엄마가 운다

안개는 앞을 잘 보지 못한다
안경이 안개를 닦고 있다

입이 산등성이에 걸려 덜렁거린다
뼈가 살을 발라먹고 살이 뼈를 발라낸다

우리 밥 한 번 먹어요

우리 언제 밥 한 번 먹어요

무심코 던져놓고 자주 까먹는 말

행동을 약속해놓고 행동을 이행하지 않는 배신

가진 돈이 없어서가 아니다

시간이 없어서가 아니다

변명으로 대신해서도 안된다

오고 가는 인사 속에 함께 묻어 나오는 인사치레

늘 우리 대화에 함께하고 있는 말

우리 밥 한 번 먹어요

육갑

한낮 하찮은 짓거리에 목숨 걸 일 있는 게냐

땡볕에 고추밭 매며 거친 숨 몰아쉬던 아버지
폭발 직전 아버지는 노출된 채 뜨겁게 달궈졌고
안전장치도 더위에는 소용없다
온도의 길이와 깊이는 여전하다
강아지를 데리고 술 심부름을 간다
미친 짓이다
미친 짓이 헛바닥을 내밀고 미치고 있다
세상은 그렇게 호락호락하지 않았다

정당한 대가를 지불했던 게냐

거품처럼 부풀어 오르는 빛 덩어리
타는 가슴에 성깔 몇 마디 뱉는다
검은 혀를 빼내도
속상한 것은 마찬가지
곰팡이는 허공보다는 벽 속을 선택했다
끈적끈적한 습기로 부장한 내력

적중을 알리는 직선음
가스를 마시고
동치미 국물을 마시고

내가 너한테 아직도 아버지인 게냐

아궁이에 군불을 지펴본 사람과
일부 몰지각한 사람들이 스스럼없이 몰지각해진다
근엄 쓰다듬으시던 아버지의 아버지, 아버지
말할 때마다 그르렁그르렁 가래가 끓었다
어느 순간 뒤돌아보니 아버지는 없고
내가 아버지를 닮아가고 있다

이끼

저들의 삶은 저렇게 살다가 녹아 없어지는 기류다
결빙의 형체들이 피부에 달라붙는 시간
내 삶은 푸르게 붙어 살다가 지겹도록 말라가는 포자류다
밖에 내버려 두면 흔적도 없이 사라져 버리는 입자에 불
과하다
습한 공기를 마시고 습하게 끈적거리는 생태적인 특성을
지녔다
물속에서 입자가 땅 위로 진화하는 중간 형태로 식물
산에서 채취해 냉장고에 가뒀다
입자는 물질과 공기와의 상관관계를 통해 자라고
이와 함수관계를 유지하며 살아가는 식물이다
먼지가 자라고 햇볕이 지며 달의 꽁무니를 곁눈질당했을 때
누군가 성폭력이라며 응징의 메시지를 보내왔다
경계의 수위를 늦추지 않았고
먼지처럼 왔다가 바람처럼 사라지라고 누군가 귀띔을 해
주었다
토를 달거나 부정할 생각은 추호도 없다
순리대로 살아가는 입자만의 방식이 있기에

밖이 차다

수은주는 혈압과 함께 오르락내리락했다

머리를 냉장고에 쑤셔 넣고 얼렸다

옥수수수염처럼 노란 머리카락이 입자가 되어 펄럭거렸다

비좁은 공간에서 펼쳐지는 공연

꺼낸 입자들은 달라붙으며 콧수염이 하얗게 피었다

원형무대는 활활 타올랐고

콩 튀기는 소리가 관객들 박수소리와 함께 튀어나왔다

음악인들이 배우들과 함께 어우러져 춤을 추다 사라졌다

모든 게 지워졌다

어제 한 일도 기억이 나질 않았다

내가 언제 냉장고 속으로 기어 들어갔는지

어딘가에 달라붙어 여태까지 살아왔는지

밖에 버려져 꽁꽁 얼어 죽는 건 아닐까

이등분

선을 긋고 둘로 나눈다
흰콩, 검은콩을 골라낸다
어눌하게 말이 말 같지도 않은 말을 골라낸다

물방울이 똑똑 떨어진다
속도에 반비례
수도관이 깨져 물이 말랐다
바람이 입을 갖다 대고 물을 빤다

생각이 멈춘 구석자리는 항상 쓸쓸하다
봉지는 바람을 타고 날아올랐다

기도소리가 종탑 위에 올라가 운다
신도들도 십자가에 매달려 맴맴
인간의 유일한 도피처는 종교
바람 앞에 등불이 운다

가보지 않은 도시가 내 옆에 서 있다
우주는 기차표가 없다

바람이 푸짐하게 분다
제 몸을 심하게 흔들어 거추장스러운 생각을 턴다
떨어진 낙엽이 개울물을 빨아먹는다
새들이 개울가에 모여 물 한 모금씩 마신다

나는 이 세상에 없는 계절이다
조각난 구식으로 말을 더듬는다
랭보의 시는 빗줄기다
시는 집안으로 후다닥 비를 피해 들어갔다

대문을 심하게 두드리던 바람
소리는 듣는 귀를 세워주었고
두 개의 귀로 쪼개져 나뉘고 있다

이런 변이 있나

연일 불을 지피는 폭염
햇살이 녹아 살갗에 끈적끈적 박혔다
엉덩이에 동그란 방석 하나 달고
쏟아지는 햇살 맞으며 고추밭에 나가시는 아버지
거센 만류에도 아랑곳하지 않고 똥고집을 부리신다
붉은 혈관은 항상 노폐물이 가득했고
밑으로 기어 내려오는 수액을 훔치며 텃밭을 갈아엎는다
거친 숨 헐떡이며 식물에 호스를 꽂아주는 아버지
부러진 햇살 조각을 받으며 괜찮다고
땀을 훔치며 손을 흔들던 모습
세월의 흔적, 고추밭에 주름처럼 묻어놓고
어디쯤 호미질 소리 아득한 텃밭이다
소낙비 한 줄금 내려줬으면 좋을 한 낮
고목나무처럼 힘없이 쓰러진 아버지
노란 손수건이 하늘하늘 날아오르더니
예쁘다며 손수 목에 매셨다
햇살을 원망하고
텃밭을 원망해도
들리지 않는 건 호미질 소리

흙에 묻혀있는 각진 모서리를 하나 걷어냈다
순간을 어지럽게 표현하려고 애쓰는 시간
사는 동안 흐르는 시간을 멈출 수 있다면 얼마나 좋을까
표정이 좋은 사람들끼리 짝수로 정거장에 모였다
노랗게 녹아내리던 달덩이 하나 까마득하게 사라졌다

인두질

광목 이불 홑청 뜯다 말고 하늘을 봤지
벌써 하늘이 솜을 타났네
개울물에 흔들어 방망이로 두들겨 숨을 죽였지
네 귀퉁이를 들어 털면
낙엽처럼 나비들 우수수 떨어졌어
바지랑대 선 따라 몸을 걸쳐 말렸어
숯불에 달군 네놈을 갖다 문지르면
화끈화끈 숨결이 피어났지
처음엔 거길 딛고 사내놈들 들락거렸어
얼굴 들이밀고 침을 뱉으며 뒤엉켜
이불 홑청 위를 지나다녔지
몸에 물기도 마르지 않은 채 털렁거리며
옷가지를 챙겨 들고 줄행랑쳤어
지켜본 아낙네들 웃음꽃이 환하게 번졌지
날 선 광목 접혀 날아가면
하늘은 온통 파란색으로 물이 들지
한복 맵시에 현혹된 사내놈들
사족을 못 쓰고 오줌을 질질 쌌지
발정으로 밤꽃 향기 사방 천지에 진동을 했어

가마솥 가득 앞발 들고 죽 쑤는 날이면
양반 놈들 헛기침만 해대고
쌍놈들 발딱 선 몽둥이 들고 설쳐댔지
아마도 이불 홑청 꽃잎으로 물들면
분명 저놈들 짓일 게야

일기예보

너는 항상 나를 가지고 놀았다
기후의 옆구리가 터져 장마가 닥쳐왔을 때
넌 항상 똑같이 오보를 날렸다
뉴스는 기대를 저버린 채 비 오는 날만 기다렸다
예보는 뒷전 적중은 귀 기울이지 않는다
너는 구름을 풀어놓은 속풀이 해장국
사라진 빗방울의 발자취를 따라
우주를 돌아 구름을 데려왔다
울림은 파장으로 번지는 흐름의 연속
그 속에서 배꼽 우산은 자라고
태풍은 비바람을 몰고 다니는 폭군
앞모습은 강한데 뒤끝은 지리멸렬하다
방황은 격하게 견디지 못하는 슬픔
너는 소용돌이로 빠르게 자랐다
비바람을 안고 태어났으며
평온 이상의 진실만 외부로 키워나갔다
당신은 오늘도 나를 긴장시킨다
나를 귀 기울이게 한다

자웅동체 검문검색

사과를 입에 물고 있는 치타
건물을 타고 논다

흔들릴 때마다 능숙한 솜씨로 재주를 부리지

상자 끈이 풀리고
어둠이 풀리고

달콤한 샐비어 향기를 따라 골목으로 들어갔다

상자는 튼튼하게 지어졌을까
자세는 똑바로 하고 있는 것인가

술 취한 건물이 휘청거린다

고개를 돌리면 빨대에 입을 갖다 댈 수 있는 거리
입에 문 수은주는 거침없이 올라갔다

안개가 자욱했고 턱수염에 서리가 하얗게 피었다

상자들이 위태롭게 벼랑 끝에 서 있다

건물 간판이 바람에 날아갔고
태풍의 전조증상으로 밤새 비바람에 시달렸다

호루라기 소리

빌딩들이 거꾸로 쏟아졌다
골목으로 액체가 흘러들었다

답답한 가슴을 두드리는 치타

잔해

아침이 백사장을 산책한다
그럴 때마다 파도는 사람들을 물가에 버리고 갔다
잠겼어야 할 슬픔이 거품을 뱉어내며 울었다

물 안에 갇혀있는 물고기
바람은 늘 우울할 때면 껍질을 벗었다
상처투성이의 등짝이 발작을 일으키면
새들도 서둘러 귀가한다

저녁이 물속에 가라앉고 있을 때
파도는 물이 그늘을 밀어내는 과정
전깃줄에 바람을 걷어와 말렸다
개들이 빨래를 물고 흔든다

물속에 머리를 처박는 새들
물 바닥에 머리가 깨진 새들

봉합이란 기술로 뱃가죽을 잠가도
새벽이 육지에 거품을 쏟아내고
잿빛 하늘이 허공의 뱃살을 만진다

어둠의 기척이 새의 부리를 잡고 흔든다

정육점

나무 기둥에
지금 이 순간에
나는 묶여 있다

줄을 당겨 매듭을 푼다
견고하게 꼬인 고집
삭제된 표정이 사뭇 진지하다

매달려 축 늘어진 몸뚱어리
입을 들고 개미들이 몰려온다
선명하게 찍힌 마크

얼굴에 잉크가 튀었다
느린 해부의 시간
스카프가 바람에 휘날린다

흔적 없는 발자국
손바닥에 침을 발라 세수를 하고
발자국을 찾아 떠난다

동그라미가 동그랗게 말려 올라갈 때까지
바늘이 눈동자 위로 쏟아질 때까지
눈썹 휘날리며 바람 위를 걷는다

펄럭이는 눈꺼풀
나는 숨을 참고 있다
참는 숨이 답답하다

전기톱으로 나를 자른다
내 몸뚱어리가 노랗게 익을 때까지
거꾸로 매달아 주머니를 턴다

이곳은 붉은 조명으로 가득하다

지워버린 바코드

길바닥에 버린 나
누군가 주워갔다
쓸모없는 나를 누군가 가져갔다
접을 붙이고, 바람이 전하는 말을 들려주고
살아나가는 과정을 가르쳤다
수많은 우여곡절과 버린 기억들을 지워나갔다
미련이 엄습해 올 때마다 골방에서 빼냈다
시든 꽃이 허벅지를 만질 때마다 슬펐다
지워진 지문과 어울려 거리를 돌아다녔고
깨진 유리 조각들을 만지며 놀았다
발자국과 발자국 사이는 좁은 오솔길
틈새는 비었지만 좁혀지지 않는 공간
비를 피해 들어가 쉴 공간이 없다
산을 기어올라 비명을 질렀고
얕은 물이 허우적허우적 발버둥쳤다
근심이 밑바닥부터 치솟아 올랐다
딱딱한 나무 위 누군가 보인다
내가 누워있는 곳은 치근덕거림 옆
비명을 지르며 자지러지고 눈꺼풀이 뒤집혔다

천장이 돌아가고
입도 돌아가고
벽에 박힌 바늘도 돌아가고
다시 돌아오는 소실점
입속에서 단내가 났다
버린 하나가 버린 하나를 지운다
깨끗하게

지하 제국

튀어나온 모서리를 물어뜯었다
입안에 더럽고 질긴 느낌이 씹혔다
이빨이 부서져 흘러내렸다
맨홀 저 깊은 곳
수상하고 낯설다
입 다문 견고함
지상의 무게를 다 짊어진 자
전봇대가 술을 먹고 주정을 하고
사람들은 버려진 채 지하로 스며든다
개판이 술판으로 몸살을 앓는다
반지하와 지상과의 한판 승부
고양이 울음을 물고 달아나는 바람
삶의 껍질은 여전히 고달프다
범람은 그들의 계획된 순서다
웅크리고 앉아 쏟아지는 것들을 지켜본다
긴 바게트 빵 속은 긴 터널
아이들이 터널을 가지고 논다
철로를 만들고
도시를 건설하고

긴 입속 낭떠러지로 밀어넣는다
덜렁거리며 기차가 흔들리며 지나가고
개미들이 삽질로 침목을 캔다
하늘로 뚫린 구멍 사이로 빗줄기가 보인다
고양이 한 마리가 생선뼈를 물고 지나가면
냄새를 습득한 사람만이 집에 갈 수 있다
휘파람이 새벽 속으로 따라 들어갔다
부드러운 식빵 조각은 잼을 데려왔다
방은 여러 개의 골목을 붙잡은 영업사원
발목 잡힌 검은 하천의 아우성
외벽이 갈라지자 지하가 위태롭게 반란이다
오랜 기간 세 들어 살기란 대단히 힘든 역경
나는 가끔 길을 잃는다

직립보행

조금은 어설프게 걷는 동안
한참이 오래도록 흘렀다
요란한 오두방정이
거추장스럽게 저물었다

길에서 가을 하나 주워 들고
화선지에 풍경을 그렸다
그림자는 하품으로 저물고
서쪽 하늘 먹구름이 비를 데려왔다

숲이 풍경을 적시고
길 위에서 또 다른 길 만나고
온통 바짓단은 흙탕물
늦가을, 세월이 저물면
가볍지 않을 만큼 기운 하늘

길을 내주던 가을 하늘
쓸쓸함이 한구석에 쌓였고
직립이 일상화된 사람들은

네 발로 걸었다

걸음이 견고해지면
걷는 길은 지는 해를 묵묵히 지켜본다
풀잎들이 수런거린다
무게중심이 하얗게 지워진다
햇살이 넘어갈 때면
널어 말릴 공간 하나쯤 만들어 주어야겠다

어디쯤인가
나를 기다리며 서 있을 가을에게
편지 한 통 써 보내야겠다

직박구리 수면시간

보폭 짧은 내가 거기까지 닿을 수 있을까
내가 그를 닮아가기까지 시간이 꽤 걸렸다
직박구리 반지르르 이마 처박고
뱅그르르 수없이 반복해서 울었다

차가운 얼음 속
옷을 훌훌 벗어던지고 내게로 왔지
수염 잘린 물고기를 물속에서 꺼낼 때
물개 박수를 치며 제정신 아니게 웃어댔지

침엽수림 빼곡한 고슴도치 등짝 위로
눈발이 쌓이기 시작했어
송곳으로 딱딱함 속에서 게맛살을 끄집어내기란
여간 어려운 일이 아니었지

빈 배는 노을을 등지고 그림자를 빨아먹으며
거품을 뱉어내는 포구 귀퉁이에 정박해 있지
역시 판정승으로 끝나버린 파도와의 격투기는
뜻하지 않게 어부의 일상이 되어버렸어

목욕탕 집 아들은 항상 말보로 담배를 피웠어
때 밀던 한쪽 손으로 담배를 꼬나물고
버르장머리라곤 하나도 없는 뻐끔뻐끔 촌놈으로 늙어갔지
입에서 풍기던 담배 찐 냄새가 심하게 고약했지

눈꺼풀이 닫히고 있어
이젠 누울 시간이야
잠이 풀리면
다리가 긴 네가 언제쯤 다녀갈까

짝짓기

나는 새의 등짝 위에 눌러앉았다
머리를 틀어쥐고 있다
새의 등짝은 따스하다
평온은 흔한 인간들이 움켜쥐는 행운
누구나 전부 누릴 수 없는 가식인 것
짓눌린 새는 머리털이 뽑혔다
저울은 무게를 만드는 기계
기계는 눈금을 후벼 파는 집착
완성된 공예품이다
익숙함이 새처럼 휙휙 지나간다
밤잠을 설쳤다
선잠은 고단함으로 무장한 결정체
창문이 유난히 덜컹거린다
파랑새는 일찍 잠들었고
아이를 등에 업고 잠결을 기어오른다
잠은 눈꺼풀을 일찍 닫는다
셔터는 고장이 없는 결정체
셔터 틈새로 보이는 다른 세상
호수가 흥건히 젖어 있다

젖은 물수건으로 구석구석 닦아줬다
마른 수도꼭지는 수시로 터진다
서터는 수시로 문을 열고 닫는 출입 통로
미지의 세계로 통하는 지름길
뱃속에서는 천둥번개가 친다
새의 부리는 물살을 뜯다 말고 낙조를 본다
날개는 물을 차고 올라 비상
통통배 한 척이 호수를 지나고 있다

청개구리

옅은 블라우스 속
깊은 계곡 끝에 머물렀다

종착역인가
어딘가로 침몰한다
끝이 붉게 피었다

오줌줄기에서 포르말린 냄새가 난다
거품이 뿌옇게 쌓이고
허세가 날아다녔다

땀으로 흠뻑 젖는 시간
노란색 버스를 타고 가며 손을 흔든다

아이가 그물에 걸려 퍼덕거린다
옆구리가 터진 배에서 상한 우유가 쏟아져 나왔다
아이는 청개구리 흉내를 냈다

할아버지 머리에 바지를 까 내리고

오줌을 누는 아이
아이도 바지를 까 내리고
오줌을 눈다
아이는 개구리
개구리는 할아버지

체크무늬 남방

부산으로 가는 기차
체크무늬를 뜯어먹는 발바닥 움직임
긴 하품이 아침을 깨운다

좁은 골목으로 상점을 밀고 간다
관심이 골목상권을 접수했고
탑승도 하기 전에 암표가 기승을 부렸다

직진 방향을 더듬어가는 밀집된 상점들
자리마다 각각의 일들이 전개되고
무더기로 상점이 거래되는 직거래 장터

전기 톱날을 타고 파리들이 착륙을 시도하고
벽을 뚫고 상점이 쏟아져 나왔다
여기저기 도망쳐 나오던 상점을 잘라낸다

꿀 먹은 벙어리
길가로 코스모스 꽃잎처럼 붙어있는 상점들
벽마다 납작 붙어 어둠을 닦고 있다

캄캄한 곳에 줄무늬로 배치된 시장

뜨거운 선지국밥이 허기를 채우고
말아먹는 재미가 쏠쏠한 시장
사투리는 메뚜기처럼 날뛰었다

엄마가 이름표를 달고 학교에 갔다
앞치마를 붙잡고 산처럼 뚱뚱해지는 학교
체크무늬 모습이 다 지워지고 있다

춤바람

엄마는 아이의 눈동자를 바라보며 젖을 먹지
엄마의 입에서 사이렌 소리가 울렸고
아이는 재빨리 가짜 젖꼭지를 엄마 입에 물렸어
우유병에 뜨거운 물을 부었고
설탕이 녹는 시간은 그리 길지 않았지
바람을 가르듯 세차게 흔드는 아이의 손동작
뱃속에서는 부글부글 속도가 올랐지
엄마는 아이의 젖가슴을 만지며 칭얼댔지
그네를 타듯 우유병을 쫓는 엄마의 눈동자
다이어트 중인 아이의 입에서 나온 거친 입담
목적을 달성하기 위한 아이의 필사적인 반항
엄마를 빌미로 아이를 팔아먹어 치운 종교적 의식
이이들이 추장처럼 발을 동동 구르며 춤을 추었지
단돈 천 원에 저당 잡힌 장바구니
젖을 빠는 엄마의 눈 속에 아이가 고여 있다
마주한 타인의 눈동자에 엄마가 어른거렸지
진실이 삐뚤어진 울타리에는 유혹이 도사리고
왜곡은 눈덩이처럼 불어났지
불량식품을 불량스럽게 퍼 먹이던 아이

자장가는 순수를 재웠고

동동 구리모를 파먹던 엄마가 지쳐 잠이 들었지

그렇게 왼쪽 엄지손가락은 자라지 못했어

양키들이 마시는 커피 파는 역전 다방은 아이들의 놀이터

지르박, 차차차는 곤혹스럽게 아이를 뱅뱅 돌렸어

늘어진 테이프에선 팝송이 구성지게 더 늘어지고

중절모에 백구두는 여성들의 선망의 대상이었어

지금도 사이렌 소리만 들리면

정신없이 맥주병을 흔들곤 해

아이의 방에는 수집해 놓은 여러 종류의 장바구니가 쌓여
있어

엄마들이 하나 둘 장바구니 안에서 가짜 젖꼭지를 물고
잠들어 있지

카르페 디엠*

애꾸눈 모나리자
바늘을 들고 실을 꿰는 적들의 침공
아침에 머리를 흔들어 말리다 말고 총을 쐈다
두 손을 머리에 얹고 포로가 나온다
소탕 완료
불란서 가방 엉덩이 들썩거린다
고독한 사마리아인들이 눈 속에서 튀어나온다
아이들이 햇살에 젖은 몸을 말리다 말고 스톱
레퀴엠*
그녀는 타락한 천사
새벽안개에 고개를 젖혀 머리카락을 턴다
바람이 속속들이 튀어나온다
곱슬머리 모나리자
목젖 없는 귀머거리 개구리의 떼 합창
굴렁쇠에 목을 매단 개똥벌레
아무리 우겨 봐도 어쩔 수 없다
모나리자의 남은 한쪽 눈을 그리는 아이
얼음땡
불란서 영화는 상영되고

영사기는 필름이 끊어진 채 돌아가고
주인공의 필름에 낀 목도 돌아가고
바닥에 떨어진 눈동자를 걷어차는
애꾸눈 모나리자

* 카르페디엠 : 지금 이 순간에 충실하라는 라틴어
* 레퀴엠 : 죽은 사람의 영혼을 위로하기 위한 미사 음악

제4부

케코바*

물이 차올랐다
바지를 걷어 올렸다
헛바닥처럼 넘실대는 물
물은 바지 주머니에 매달렸다
바지 주머니에서 수심을 꺼냈다
깊이를 모르는 물 속
도시가 뛰어든다
발바닥 밑은 천 길 낭떠러지
발이 후들후들 떨렸고
물은 도시를 가지고 놀았다
숨바꼭질은 시시했다
도시의 등가죽을 벗겨 질겅질겅 씹어 먹는 물
도시가 혀끝에서 놀았고
발바닥은 도시를 꼭꼭 숨겨두었다
도시는 오래도록 발바닥을 놀았다
물이 기어올라 바짓단을 잡고 늘어질 때까지
위태로워진 바지 주머니는
집기류를 밖으로 내던진다
도시는 비워져 가벼웠으나 외로웠다
극한 외로움에

물의 살결을 물어뜯는 버릇이 생겨났다
물과 발 사이로
터키행 기차가 훅 지나갔다

* 케코바 : 터키 남부 비잔틴 문명 당시 바다에 가라앉은 고대도시

투봉기레쓰

멀리 보이는 산이 가까이 다가왔습니다
창밖 의자가 걸어와 내 옆에 앉았습니다
늙은 치과 의사가 입을 크게 벌려 머리를 집어넣습니다
캄캄한 입속에서 무언가를 꺼냅니다
내 뱃속은 구겨진 인생들이 구겨진 채 들어와 쌓이는 공
간입니다
길거리 노숙을 거치지 않은 놈들로 구색을 갖춰 뻔뻔해지
는 연습을 가르칩니다
타인이 주인 행세를 해도 어색하거나 부자연스럽지 않게
말입니다
비좁은 공간에서 서로 부대끼며 부스럭대고 인기척을 내
며 좋아합니다
옥상에 올라가 비행기를 접어 날립니다
흐린 눈발을 뚫고 비행기는 지나갑니다
풀풀 날리는 눈송이가 참 맛있습니다
창문을 넘어오려고 발버둥치던 바람이 흘낏 쳐다보며 비
웃습니다
예전에는 주로 추잉껌을 씹었는데 요즘은 자일리톨껌을
씹고 있습니다
단물이 빠지도록 계속 씹는 습관이 있습니다

환자들이 손바닥을 부딪쳐 날파리를 잡아먹고 있습니다

날파리는 간식입니다

눈이 없는 새들이 유리창에 부딪쳐 떨어집니다

그들은 색의 농도나 질감을 전혀 모르나 봅니다

눈이 모든 걸 흑백으로 단정지어지나 봅니다

먼 옛날부터 누군가가 나를 고아로 만들어 버렸습니다

내가 버린 자전거 위에 누워 오후 내내 햇볕을 쪼이고 있습니다

오후가 저녁으로 기울면 우리는 무렵이란 단어를 자주 씁니다

햇볕과 그늘이 만나서 캄캄하게 젖는 사이라고 우리는 흔히 말합니다

멀리 보이는 산이 하얗게 내려앉습니다

이젠 발 없는 의자도 필요 없습니다

여긴 하찮은 것들이 잠시 머물러 있다가 가는 공간입니다

쓰고 버려진 것들이 잠시 쉬어 갈 수 있는 곳입니다

티라노사우루스*

접었던 내면의 주름을 펴 날개를 달았다
장식장 피규어가 불을 뿜으며 거실을 날았다
정글 유치원은 놀이터
죽음의 빛깔은 장식되어 아름답다
보이지 않는 곳으로 누군가 떨어졌다
떨어진 중심에는 짙은 물보라가 분명 일었을 것
동물들은 물구나무를 선 채 회오리바람을 몰고 왔다
머릿속은 온통 하얗게 비었고
달그락달그락 동전 소리가 들렸다
절반은 저울질로 계측되어 태어난 생명
한 주먹씩 나눠 태어났다
순번이 정해진 것은 결코 아니라고 손사래를 친다
추로 분산된 삼각형의 기울기로 평형을 맞춘다
언젠가 저 중심의 꼭짓점에 올라 위대해질 것이다
보이지 않는 것과
보이는 것과의 차이는
백지 한 장
합체라는 단어는 합리적인 결과물
모순과의 결합에서 비롯된 천정의 떨림

움직임은 항상 버거웠다

회전반경에서 각도가 상실되면서 만난 비등점

하나의 목숨이 결부된 소실점은 처참한 도시로 변했다

찬양과 부활이 공용되는 사회

침묵한다

빛의 굴절로 형성된 작은 공간

누구나 입체적으로 완성되는 생명체다

백악기 공룡은 늘 외롭다

• 티라노사우루스 : 백악기 후기에 살았던 육식동물

파 닭

철창살에 갇혀 실려 가는 죄수들
어떤 죄를 지은 걸까

발버둥과 줄다리기
가슴살이 팽팽하다

눈 까뒤집고 목매단 닭들
분해되어 숙성되고 있다

더듬더듬 들어간 탕 속
뿌옇게 흐리다

홀라당 옷 벗어던지고
입만 내놓고 잠겨 있다

주머니 탈탈 털어 먹는 맛
몸뚱어리가 바삭바삭

혀에 엉겨 붙어 쫄깃쫄깃한 식감

무엇으로 먹고 싶니

찍먹 아니면 부먹

풍경소리

초저녁이면 일찍 저무는 마을
찬바람은 쉰 목소리를 내며 귀를 잡아당겼다
발자국이 바짓단을 스칠 때마다
국화빵이 찍혔고 알밤 씹는 소리가 났다
머리에 쓴 새마을 모자를 벗어
작업복에 붙은 눈을 툭툭 털며 들어오는 사내
시래기 국밥집 창문은 바람에 덜컹거렸고
구공탄 난로에 겨울이 익어가고 있다
난로 옆 하품으로 쏟아지는 졸음을 털던 강아지
출입문을 열고 펑펑 내리는 눈을 맞으며 좋아라 한다
온 세상이 밤새도록 내린 함박눈으로 소복하게 쌓였다
첫눈 오는 이맘때쯤이면 어김없이 찾아오던 사내
꾸부정한 어깨에는 어둠이 힘겹게 얹혀 있다
그가 온 날이면 소문은 흉흉하게 마을 전체를 감돌았고
그런 날이면 대문을 걸어 잠그고 집 밖으로 나오지 않는
사람들
멧돼지가 흘리고 사라진 흔적을 쫓아간 사람들은
돌아오지 않고 새벽녘이 돼서야 흰 눈 위에 발자국만 남
긴 채
사내만 홀로 돌아왔다

눈밭에는 멧돼지들 발자국만 무성하게 찍혀 있고
목에 걸어둔 풍경소리만 요란하게 울렸다

하마

물먹는 하마는 기내
반입할 수 없음

벽장 속에 갇혀
물을 마신다

입 벌린 하마 위를
떠다니는 파리

갈래 머리 그녀
옷장 속에서 졸고

잠 많은 미녀
더욱더 아름다워진다

잘 다려진 날개를 펴고
훨훨 난다

달구경 마치고

수면 속으로 가라앉는 하마

깊은 수면 속에서
털이 자라는 소리 아득하다

하회탈

바람이 가죽을 열고 나왔다
때가 되면 빠져나가려 안달을 한다
고약한 기체를 만드는 숙성 과정
심폐소생 끝낸 냄비는 그렇게 울렸다
입 주위에서 끓어 넘치는
기웃거리다 들킨
배꼽을 눌러 소리를 고정시켰다

바람이 끓어 넘친다는 것
빠지도록 견고하게 만든 곁눈질
빵빵하게 부풀어 오를수록 불안한 법
터지려고 안달이다
터지면 죽을 것 같은데
힘을 참으며 뚫리지 않게 버티는 방패막
노련한 틈새를 공략하기를 원했는지도 모를 일
이런 상황이 왜 왔을까
상황에 민감할수록
자꾸만 부풀고 비워지는 혼미함
넘치거나 조여질 수 없는 긴장감

구름을 자극하면 할수록 시무룩해지는 날씨
더부룩한 화단에 500원어치 빗줄기를 뿌려준다
엉덩이를 움츠려 탈을 만들고
오리 뒤꽁무니를 쫓아 화장실로 달려갔다
오므렸던 긴장감이 풀려 홍수가 터졌고
축축한 바지가 자꾸만 살갗을 핥아 쓰라렸다
창피함에 몸을 옹송그려 종종걸음이다
지나가는 사람마다 팔 부채를 부치며
찌그러진 얼굴로 코를 막고 째려본다

헤어지는 중입니다

달콤하게 빠져들었던 때가 있었다
경직되어 움츠려 옹송그린 C
알을 품듯 성숙해지는 걸까

한땐 나의 반쯤
나의 전부였다
반응을 보내면 즉각 회신
이젠 미지근하다
언제부터였을까
좋아하는 속도가 식은 걸까

왠지 허전하고 속상하다
어디서부터 잘못된 걸까
순간순간이 파노라마처럼 스친다
미련이 뒤죽박죽

이젠 결론을 내야 할 때
결박을 푸는 중
순리대로 멀리 돌아서 가는 중이다
어긋나지 않게

스스로에게 따져 묻는 시간이다

머리가 하얗게 번지는 중이며
앞이 캄캄해지는 것을 견디는 중이다
엇박자 소리로 연주를 한다
삐걱 삐걱 소리가 난다

호모 사피엔스 커트

캄캄한 숲길
전기톱질 소리
이리저리 쓰러지고 넘어지는 현장
좁은 공간에서 옷을 바르고 수다를 떠는 사람
너는 인류가 버린 폐기물
네 손바닥은 세상을 덧칠해 바른 벽면의 곤두박질
간첩이 네 애인의 손바닥에 입김을 불어넣는다
머리 위로 자전거가 페달을 밟고 지나가고
기억이 정지된 전두엽으로 작두날이 움직인다
신이 배려한 산기슭이 훤하게 밝아온다
어슬렁거림이 페인트를 뒤집어쓰고 기어다니며
좁은 골목을 내고 있다
깔끔하게란 형용사가 어울리는 곳
질세된 네 모습이 깎여 나간다
너의 서랍 속엔 손톱들이 가득 들어 있다
뜨겁기 전에 뜨거워지지 못한 네가
낙태된 채 붉은 울음으로 북받쳐 오를까
불 질러 버렸다
속죄하던 교인들이 교회 피아노를 도끼로 내려친다
손바닥으로 손을 잘랐다

서로가 서로를 저버린 채

가위를 든 네가 곱상한 크림을 손바닥에 묻혀 바른다

메갈로돈* 역린(逆鱗)

바람이 그늘을 물고 햇살을 덮고 있다

그늘은 우리들의 마지막 은신처

먹구름 속엔 작은 물방울이 도사리고 있다는 것을 몰랐다

먹구름은 구렁이처럼 담장을 넘어왔고

한 겹의 비닐을 두른 어둠이 천둥벼락과 교감을 했다

흉터 같은 물비늘을 쓸어 담고 있다

어둠 속에서 칠흑 같은 알갱이들이 분산되어 바람에 날렸고

얼룩은 지워지지 않고 물때로 남았다

습한 공간 속에 채워진 문명 이전의 허접하고 낡은 부족들

현실의 견고한 벽에 부딪친 역린(逆鱗)

붓은 먹물과 단절된 삐침의 흔적

먹물을 갈아 마신 창호지마다 토혈로 얼룩졌다

습한 장마전선이 암흑 속에 잠들고

어둠은 저녁이면 쉽게 닿을 수 있는 거리

낡은 기침이 뒤통수를 갈겼고

철길을 달리며 철거덕철거덕 소리만 냈다

간이역마다 꼬리를 물고 헤엄쳐 선을 긋는 고철 물고기

구름의 발바닥은 빗방울 지느러미를 흔들어대며 춤을 추

었고

　욕정으로 얼룩진 긴 여정의 끝은 진부하고 격렬했다

　2막은 끝났고 3막으로 이어지는 통로

　쌍용이 똬리를 틀고 바다로 침몰한다

　　* 메갈로돈 : 신생대 바다에서 육식활동을 하던 거대상어, 멸종됨.

활력충전

사내는 주차장에서 호스를 꼽고 누워 있다
배가 고파 밥을 먹으러 기사식당에 들렀다
사내는 밥을 에너지라고 고쳐 쓴다
게이지가 사내의 밑바닥을 거쳐 목까지 차오르기까지는
오래 걸렸다
매번 하는 소리지만 밥을 먹고 나가라는 주인장의 말이다
지금도 가끔 실수로 기사식당을 잘못 찾아들곤 한다
배가 고파 기운이 없을 때는 햇살을 받아 마시기도 하고
옆구리에 호스를 꼽고 영양제를 맞기도 한다
같은 부류들과 함께 한 줄로 서서 맛있는 식사를 먹기도
한다
뱃가죽이 출렁거리거나 밥그릇에 숟가락이 부딪쳐
달그락거리는 소리를 들을 필요가 없다
에너지가 몸속으로 들어오는 느낌이 끝내준다
환각제를 마시고 몽환 상태로 젖어드는 기분이다
그럴 땐 흥분되어 꿈속에서 몽정을 하기도 한다
사내는 쭈그려 앉아 손톱을 다듬다가
자율주행 자격증을 공부하며 5G와 소통하기도 한다
들창코에 비가 들이치지 않도록 처마를 만들어 주었고

가끔 야외 목욕탕에서 몸 구석구석 찌든 때를 씻는다

옆구리엔 감전 주의라는 문구를 새겨 넣기도 한다

식사시간에는 모든 동료들은 참선을 한다

참선은 급발진을 막아주는 또 다른 인내력 시험이다

먼 거리 우주정거장에서 날아온 사내들이 충전소 식당에서 식사 중이다

사내는 또 다른 세계로 날아가기 위한 활력을 충전 중이다

과학적 사실과 감성적 인식의 사이에서
– 박종영의 제2시집

송기한(문학평론가, 대전대 교수)

1. 합리적 세계에 대한 의심과 부정

박종영은 특이한 이력을 가진 시인이다. 이런 이력은 그가 공부한 영역이 좀 색다른 데에서 찾아진다. 잘 알려진 대로 그는 공학을 전공했고, 이를 토대로 이 분야에 오랫동안 종사했다. 그러니까 문학과 같은 감성적인 세계와는 거리가 먼, 이성적이고 합리적인 공간에서 많은 시간을 보낸 것이다. 이런 분위기 속에서 성장한 자아의 의식이 합리적인 면으로 경도되는 것은 당연한 것이거니와 그 의식의 자장도 여기서 자유롭지 않을 것이다. 그런데 이런 가설은 어디까지나 과학적 사실이 긍정적으로 작용할 때에만 가능하다. 만약 자신이 믿고 의지한 지식의 토대가 어느 한순간

의심으로부터 자유롭지 못하다면, 평생 쌓아온 신념이랄까 관념 따위는 한갓 모래성에 불과할 것이다.

과학에 대한 믿음이 의심으로 바뀌고, 또 그것으로부터 어떤 긍정성이 담보되지 않을 때, 선택할 수 있는 방향은 무엇일까. 우리는 그런 방향이랄까 선례를 먼저 1930년대의 이상의 경우에서 찾을 수 있지 않을까 한다. 잘 알려진 대로 이상은 합리주의적 세계관을 무너뜨리는데 자신의 정열을 쏟아부은 시인이다. 이상이 공부한 분야는 건축학 분야였다. 이것 역시 합리적 세계관이 절대적으로 요구되는 분야인데, 만약 그렇지 못하다면 완벽해 보이는 정육면체, 곧 올바른 건축 모형은 성립하기 어렵다고 할 수 있다. 그가 자아를 해체하고 언어의 감옥으로부터 탈출을 시도한 것은 이와 무관하지 않다. 말하자면 합리주의가 주는 모순을 근저에서 무너뜨리면서 새로운 절대 지대, 곧 본능이나 무의식, 언어 이전의 세계로 회귀하려 한 것이 그의 문학 지형도였던 것이다.

실상 합리주의라고 했지만, 이를 좀 더 쉽게 이해하게 되면, 인과론적 세계라는 말이 더 적절할지 모르겠다. 원인과 결과에 의한 관계, 혹은 과학적 절차나 순서에 의한 세계가 인과론을 대표하는 세계이기 때문이다. 그러한 까닭에 합리주의에 대한 불신이 생기게 되면 이런 계기적 질서를 파괴하는 것이 무엇보다 먼저 일어난다.

박종영은 공학을 공부했기에 합리주의적 사고와 인과론의 세계에 물든 시인이라는 점은 부인하기 어려울 것이다. 문제는 그가 응시한 세계, 혹은 받아들인 세계가 건강하지 못하거나 부정적 상황으로 인식되는 경우이다. 이성이나 계몽의 세계관이 모든 진정성을 담보해준다면, 감성적 세계에 대한 접근은 실상 의미가 없다. 그러나 시인이 일상의 현장에서 응시한 것은 인과론적 세계가 만드는 건강성과는 거리가 먼 것처럼 보인다. 이럴 경우 시인이 선택할 수 있는 요소들은 보다 분명해진다. 합리주의나 인과론적 세계를 부정하는 일이다.

옅은 블라우스 속
깊은 계곡 끝에 머물렀다

종착역인가
어딘가로 침몰한다
끝이 붉게 피었다

오줌줄기에서 포르말린 냄새가 난다
거품이 뿌옇게 쌓이고
허세가 날아다녔다

땀으로 흠뻑 젖는 시간
노란색 버스를 타고 가며 손을 흔든다

아이가 그물에 걸려 퍼덕거린다
옆구리가 터진 배에서 상한 우유가 쏟아져 나왔다
아이는 청개구리 흉내를 냈다

할아버지 머리에 바지를 까 내리고
오줌을 누는 아이
아이도 바지를 까 내리고
오줌을 눈다
아이는 개구리
개구리는 할아버지

-「청개구리」전문

   한때 우리 시단에 유행했던 사조 가운데 하나가 생태 담론이었다. 물론 이런 경향은 과거에 태동에서 그 수명을 다한 것처럼 받아들여지는 것이 사실이지만, 그러나 그것의 유효성이 모두 사라졌다고는 생각되지 않는다. 그것은 여전히 현재 진행형으로 우리에게 다가오는 문제이기 때문이다. 생태 담론의 특성은 우선 생명 환경의 파괴, 곧 비생산성, 불임성에 찾을 수 있다. 하나의 생명이 온전한 개체로 살아가기 위해서는 생산의 과정이 건강하게 나타나야 하는데, 그 고리의 한 축이 병들고 무너지는 것, 그것을 예각화하는 것이 생태 담론의 특성이다. 그런 면들을 80년대의 대표 시인들이었던, 최승호나 이하석 등의 시인에게서 확인할 수 있는데, 인용시「청개구리」도 그 연장선에 놓여 있는 작품이라 할 수 있다.
   이 작품에서 드러나는 생태적 사실은 건강하지 않다. 그것은 '포르말린 냄새'와 '상한 우유'에서 알 수 있듯이 불온의 특성 때문이다. 이런 담론의 형태들은 현대 문명의 폐해나 심각성을 이해하고 있는 시인이라면 누구나 표명할 수 있는 것들이다. 그럼에도 박종영 시인에게서 이런 면들이 예사롭지 않게 다가오는 것은 시인이 일선의 현장에서 이런 불온한 면들을 직접 체험한 것이 아닐까 하는 사실 때문이다. 합리주의는 인과관계를 떠나서는 성립하기 어렵다. 시인이 생산 현장에서 직접 마주한 이런 불온한 측면들도 합리주의의 연장선에 있는 것인지도 모르겠다. '포르말린 냄새'라든가 '상한 우유' 역시 그 기원을 따지고 보면 원인이 분명 존재하는 것이기 때문이다. 이 역시 인과론적 사유와 무관하지 않다는 뜻이다.

> 선을 긋고 둘로 나눈다
> 흰콩, 검은콩을 골라낸다
> 어눌하게 말이 말 같지도 않은 말을 골라낸다
>
> 물방울이 똑똑 떨어진다
> 속도에 반비례
> 수도관이 깨져 물이 말랐다
> 바람이 입을 갖다 대고 물을 빤다
>
> 생각이 멈춘 구석자리는 항상 쓸쓸하다
> 봉지는 바람을 타고 날아올랐다
>
> 기도소리가 종탑 위에 올라가 운다
> 신도들도 십자가에 매달려 맴맴
> 인간의 유일한 도피처는 종교
> 바람 앞에 등불이 운다

가보지 않은 도시가 내 옆에서 있다
우주는 기차표가 없다

바람이 푸짐하게 분다
제 몸을 심하게 흔들어 거추장스러운 생각을 턴다
떨어진 낙엽이 개울물을 빨아먹는다
새들이 개울가에 모여 물 한 모금씩 마신다

나는 이 세상에 없는 계절이다
조각난 구석으로 말을 더듬는다
랭보의 시는 빗줄기다
시는 집안으로 후다닥 비를 피해 들어갔다

대문을 심하게 두드리던 바람
소리는 듣는 귀를 세워주었고
두 개의 귀로 쪼개져 나뉘고 있다

- 「이등분」 전문

이 작품은 시간적 질서, 의미론적 질서를 충실히 따르고 있다. 특히 제목에서 볼 수 있듯이 이등분적인 세계랄까 질서가 정확히 지켜지고 있는 것이다. 가령, 시의 첫줄을 보면 그러한데, "선을 긋고 둘로 나눈다"는 것은 정확히 인과론적인 사고의 결과이다. 그 다음 행도 마찬가지인데, "흰 콩, 검은콩을 골라낸다"는 작업 역시 동일한 계기적 순서에 의한 것이기 때문이다. 과학을 부정하기 위해서는 그 근거를 무너뜨리면 된다. 원인과 결과에 의해 이루어지는 합리적 절차, 인과론적 세계가 잘못된 것이라고 예증만 하면 되는 것이다.

그러나 과학에 대한 부정을 과학적으로 한다고 해서 근대의 계몽철학이 와해되는 것은 아닐뿐더러 그것은 또 다른 기계론적 오류를 범할 가능성이 매우 크다. 이성의 전능이라든가 과학의 전능을 믿어 의심치 않았던 시인에게 그런 맹신은 커다란 모험이 아닐 수 없다. 그래서 인과론을 부정해야만 하는 또 다른 근거를 시인은 찾아내야 했다. 그가 시인의 길을 걷고자 했던 것도 여기에 그 이유가 있었던 것이 아닐까. 시인의 길이란 분명 과학적 사고가 아닌 감성의 영역에서 이루어질 수 있는 것이기 때문이다.

부정은 이성의 영역보다는 감성의 영역에서 보다 쉽게 이루어질 수 있다. 이성을 부정하게 되면 감성의 영역만이 남게 된다. 그 감성을 통해서 인과론의 세계를 부정해야 하는 것, 그것이 그가 걸어가야만 했던 숙명, 곧 시인으로의 길이 아니었을까.

박종영의 시들을 이해하는 것은 쉬운 일이 아니다. 시집에 실려있는 작품 몇몇을 살펴보면 금방 알 수 있는 것처럼, 그의 시들은 소위 난해시의 범주에 편입시켜도 크게 무리가 없을 정도로 사유의 폭이 깊고 넓어 보인다. 게다가 그의 시들은 이미지가 현란하고 비유의 긴장도가 매우 높다. 비유의 진폭이 크다는 것은 상상력이 개입하는 강도가 그만큼 많아진다는 뜻이 된다. 경험의 공유지대라든가 감성의 공통지대와 같은 교집합의 영역이 적다 보니 독자들이 그의 시를 이해하는 것은 쉽지 않다. 그러나 이런 수법은 인과론적 사고체계를 부정하는 시인의 또 다른 전략이라는 점에서 의미가 있는 것이기도 하다. 의미란 합리적 사고에 절대적으로 의존한다. 따라서 의미를 가급적 추방하는 것은 그런 합리적 세계로부터 어느 정도 거리를 두는, 일종의 반담론의 행위와 연결되는 것이기 때문이다.

한 손으로 생선뼈를 발라내고
다른 손으로 숟가락에 밥을 떠
재잘대는 입을 틀어막는다
식탁은 화목을 위장한 전쟁터
넥타이를 매다 말고 밥상머리에 앉은 선임병사
가족 구성원이 된 신참병사에게 소리 높여
꾸지람으로 시작된 아침 조회
흰쌀밥은 목구멍에 넘기기 힘든 모래알
끝나지 않은 지루한 훈시에 하품은 쏟아지고
밥숟가락은 활주로에 진입도 못한 채 제자리걸음
관제탑에서 수시로 보내온 엄마의 수신호
착륙허가를 받지 못한 파리들만 활주로를 배회하고 있다
　　　　　　　　　　　　　　　　－「식탁비행장」 전문

　이 작품은 시인의 작품들 가운데 그 의미의 장이 분명히 드러나는 경우이다. 어느 한 가정의 평범한 일상의 식사장면을 시로 옮겨놓은 것인데, 이런 일상성이야말로 이 시인이 펼쳐 보이는 또 다른 현대성의 경험일지도 모르겠다. 모더니즘의 가장 중요한 영역이 일상의 경험을 바탕으로 지금 여기의 현실에서 출발하는 것이기 때문이다.

그러나 이런 일상성에도 불구하고 이 작품 역시 시인의 다른 작품과 마찬가지로 사은유 현상은 찾아보기 어렵다. 클레쉐 같은 의미의 습관화, 혹은 관습화 현상은 나타나지 않기 때문이다. 사물을 대신하는 은유의 방식이 참신하거니와 현란한 비유의 장들이 또 다른 말의 성찬을 만들면서 독자들을 상상력의 깊은 늪으로 유도해낸다. 이런 작품들은 김광균이 구사했던 이미지즘의 수법과 무척이나 닮아 있는 경우이다. 생활의 경험을 바탕으로 의미의 새로운 장을 열었던 것이 김광균 시의 수법인데, 인용시에서도 그런 의장들을 읽어낼 수 있기 때문이다. 어떻든 우리가 접촉하는 일상의 지대를, 시인은 감성의 매개를 통해서 충실히 읽어내고자 했다. 그러나 시인이 응시하는 현대의 일상과 미적 감수성들은 긍정이 아니라 부정의 국면에서 읽어내었고, 그것이 함의하는 음역을 통해서 현대성의 어두운 국면들을 이해하고자 했다. 그것이 바로 전복을 통한 일상성의 역전, 곧 인과론의 해체 내지는 전복 현상이었다.

2. 인과론에 대한 비판적 사유들

우리는 지금 불신의 시대를 살아가고 있다. 서로가 서로에 대한 신뢰가 상실되었을 뿐만 아니라 진정성 있는 담론의 장도 찾아보기가 어려운 것이 현실이다. 이런 불신의 장이 만들어진 계기나 원인이 무엇일까 묻는 것은 이 시대의 본질을 묻는 것과 똑같은 일이 될 것이다.

　우리 시대는 자신만의 이득을 무한정 추구하는 사회이다. 욕망이라는 장치가 영원의 틀 속에 갇혀있을 때에는 타인에 대한 불신도, 파괴의 담론도 유행처럼 번져나가지는 않았다. 그러나 영원의 봉인이 풀린 다음에, 인간들이 펼쳐 보인 욕망의 질주는 과거의 아름다운 질서라든가 조화의 세계를 완전히 망가뜨렸다. 자신만을 위한 장치들이 고안되었고 타자를 위한 것들은 철저하게 외곽으로 밀려났다. 자기중심주의라는 우상이 자리하면서 이타적 경향의 심리적 국면들은 설 자리를 잃고 만 것이다. 이 모든 것이 근대라는 괴물이 유포시킨, 욕망의 바이러스 때문이었다. 시인은 합리주의적인 사고가 퍼뜨린 바이러스의 위험성이 어떤 것인지 알고 있다.

　　우리 언제 밥 한 번 먹어요

　　무심코 던져놓고 자주 까먹는 말

　　행동을 약속해놓고 행동을 이행하지 않는 배신

　　가진 돈이 없어서가 아니다

　　시간이 없어서가 아니다

　　변명으로 대신해서도 안된다

오고 가는 인사 속에 함께 묻어 나오는 인사치레

늘 우리 대화에 함께하고 있는 말

우리 밥 한 번 먹어요

-「우리 밥 한 번 먹어요」 전문

　이런 담론의 세계를 두고 체면치례라는 말을 자연스럽게 떠올릴 수가 있을 것이다. 현대인들은 타인의 관심 밖에 놓이는 상황을 결코 용인하려 들지 않는다. 또 익명의 주체로부터 소외되는 것 역시 더더욱 바라는 바가 아니다. 이런 상황으로부터 제외되지 않기 위해서는 자신의 주변을 둘러싼 환경들에 대해 끊임없이 관심을 갖고 관리해야 한다. '우리 밥 한 번 먹어요'는 그런 강박관념이 만들어낸 담론의 체계이다. 그러나 이런 담론의 내부를 들여다보면 거기에는 어떤 진정성도 느껴지지 않는다. 다시 말해 '밥 먹는 행위'가 실제로 실현되지 않는다는 뜻이다. '밥 한번 먹자'가 실천으로 연결되지 않는 것은, 시인의 말대로, "가진 돈이 없어서도 아니"고, "시간이 없어서도 아니"다. 그저 "무심코 던져 놓고 자주 까먹는 말"이기에, "오고 가는 인사 속에 함께 묻어 나오는 인사치례"에 불과한 것이기에 이 담론은 실제 행동의 장으로 연결되지 않는다는 것이다.
　일찍이 보들레르는 현대인의 일상성을 소외의 정서에서 파악한 바 있다. 영원으로부터 떨어져 나온 현대인이기에 소외로부터 벗어나는 것은 애초에 불가능한 일이다. 그러나 집단으로부터 일탈되는 것은 두려운 일이 아닐 수 없다. 또 경쟁이 치열한 시대에 소외의 지대로 빠져들어 간다는 것은, 결국 생존의 경쟁에서 밀려나는 일이 된다. 그런 고립의 장으로부터 벗어나기 위해서는 끊임없이 관리 모드로 들어가야 한다. 그래야 이런 환경으로부터 낙오되지 않고, 생존할 수 있기 때문이다.

시인은 우리 사회에서 진행되고 있는 이런 겉면들에 대해 예리한 자의식, 곧 비판의 촉수들을 끊임없이 내밀고 있다. 그리고 그러한 것들의 원인이 어디서 오는 것인지에 대해서도 어렴풋이 알아가는 과정에 있다. 시인의 더듬이에 잡힌 것은 앞서 언급대로 근대의 불온한 국면들이다. 근대란 합리성을 근간으로 사유되고, 인과론적 질서에 의해 움직이는 사회이다. 시인은 그런 사회가 갖고 있는 불합리한 현실과 진정성이 상실된 담론의 본질에 대해 이해한 바 있다. 그러한 인식하에서 서정의 문이 열렸고, 그 문을 통해서 비판의 촉수를 들이밀면 되는 것, 그것이 시인이 설정한 서정의 통로였다.

너와 나는 견고한 종속관계

존재를 부각시켜 터트리는 자
비계만 골라내는 자
때론 투명한 감각을 수저 위에 놓고
음미하며 음식을 먹는 미식가
진담처럼 오랜 수다를 쏟아내는 수다쟁이
그녀는 오래도록 묵힌 숙성된장

디저트로 가벼워지는 인스턴트식품

궁합이 척척 맞는 점쟁이

툭하면 언쟁으로 이웃과 다퉈 손해 보는 쌈닭

맛있는 음식을 제어 못하는 돼지

의뢰인과 맺어진 결혼정보회사 직원

우애가 돈독해져야만 환해지는 순애보

뱃살은 남겨두고 다이어트와 결혼한 뚱보

기대한 하마의 등을 쓰다듬는 파리

두툼한 뱃살은 나의 인격

두려움 따위는 버리고 나온 당찬 선수

나태함이나 게으름이나 똑같은 말장난

또다시 묻는데 나와 당신의 관계는 무엇?

-「관계의 오류」 전문

전일성이 담보되는 세계에서의 '관계'란 아무런 구속력을 갖지 않는다. 가령, 에덴동산의 경우를 생각해보면, 이 관계란 것이 얼마나 허망한 것임을 대번에 알게 된다. 익히 알려진 대로 에덴동산은 유토피아의 구경이거니와 여기서의 관계란 이띤 의미도 갖지 않는다. 가령, 약육강식이라든가 우승열패와 같은 인과론적 질서가 존재하지 않는 사회이니 여기서 어떤 계통을 나누거나 관계를 만들고 나누는 일들은 전혀 의미가 없다. 그러나 에덴동산에서의 추방과 여기서 얻어진 원죄는 여러 계통을 나뉘는, 일종의 관계망들을 만들어내었다.

그런데 이런 관계를 더욱 고정화시킨 것이 근대 사회였

고, 그 대표적인 것이 인간과 자연 사이에 형성된 관계의 지대였다. 자연이라는 거대 질서에서 보면, 인간은 자연의 한 구성품에 불과할 뿐이다. 그러나 근대적 욕망이 실현되고부터 인간과 자연의 수평적 관계는, 욕망하는 주체와 대상이라는 종속적 관계로 전이되었다. 물론 그런 주종 관계를 더욱 심화시킨 것이 인과론적 사유의 확산이었다.

「관계의 오류」가 말하고자 하는 관계의 혼돈도 그 뿌리를 더 들어 들어가 보면, 이런 사유 속에서 형성된 것임을 알 수 있다. 이 작품의 첫 행이 말하고 있는 것처럼, "너와 나는 견고한 종속관계"에 놓여 있다. 여기서 '너'는 누구이고, 또 '나'는 누구인가에 대해서 그 주체가 누구인지에 대해 굳이 한정시킬 필요는 없을 것이다. '너'와 '나'는 어느 누구, 어떤 사물도 모두 대신할 수 있는 은유이기 때문이다. 그런데 시인은 그런 관계의 견고성에 대해 치밀하게 파고들어가 그 근저에서부터 파괴하려 든다. 관습화되었던 '나'와 '너'의 관계가 전복되는가 하면, '너'와 '나'의 관계 역시 새롭게 정립되기 때문이다.

이 작품에서 관계망들에 대한 시인의 교란 행위는 매우 집요하다. 은유적 주체뿐만 아니라 시행의 교차에 의해서도 이런 교란들이 현란하게 이루어지기 때문이다. 이런 전복의 절차를 거쳐 첫행에서 던져진 "너와 나는 견고한 종속관계"라는 선언은 다시 한 번 번복된다. 따라서 마지막 연에 이르러 "또다시 묻는데 나와 당신의 관계는 무엇?"이라고 되묻는 것은 지극히 당연하다고 하겠다.

그녀의 바다에는 불이 꺼져있다

항상 그녀의 집 앞에 도착하면

헛기침으로 창문을 두드린다

양복을 빼 입고 목에 힘을 줘

거드름을 피며 허세를 부리기도 한다

지구가 가끔 떨어져 바다에 빠진다

사람도 그랬다.

술 취한 자들이 소주병 옆을 지나간다

소주가 노래를 시켰고

안주는 소주와 함께 부르자고 졸랐다

사연 있는 사람들이 줄을 서서 코인을 넣고 술을 마신다

소용돌이치는 공간

기척이 멀미를 한다

슬하에 자녀는 몇 명 됐냐고 물어온다

김치 국이 대신 대답해준다.

요새는 정치 이야기보다는 먹고사는 이야기가 많다

지구만 한 크기로 부풀려 뺑들이 입에서 입으로 돌아다닌다

단도직입적으로 말해서 섬의 주소를 정확히 아는 사람이 없다

바다가 언뜻 말할 때 제대로 적지 못한 게 나의 불찰이다

엄마에게 미안하다고 말할 작성이다

엄마는 멀리 있어 두 개였다가 하나였다가 구분하기 힘들다

거기에 가면 소주병이 둥둥 떠다닌다

그런 날은 짝짓기가 잘된다

그녀에게 먼저 가 있으라고 말한다

유혹은 뿌리가 깊다

바다 위에 잠깐 누웠다 간다는 게 한나절이 지났다

한나절의 길이는 많이 길다
바다 위에는 그녀가 떠다닌다

–「섬」전문

　일상적으로 받아들여지고 있는 관계의 질서는 이 작품에서도 동일하게 와해된다. 익히 알려진 일상의 진실이 상상력의 개입에 의해 철저하게 무너지고 있기 때문이다. 실상 이런 은유적 장치나 담론의 자유로운 배치는 초현실주의 기법에서 사용되는 우연이나 병치, 의식의 흐름 등의 수법과 유사한 면을 갖고 있다고 하겠다. 의미가 완전히 배제되어 있지 않지만, 어떻든 시인이 구사하고 있는 시의 의장들은 자유로운 연상작용과 시적 긴장도가 높은 은유적 결합을 통해서 의미의 관계망들을 쉽게 무너뜨린다.

　「섬」에서 보듯 시인이 연상하는 상상의 진폭은 무척 크고 깊다. 이런 요인들이 그의 시를 편안히 읽어내지 못하게 하는 요인으로 기능하지만, 그러나 이 또한 시인이 추구하는 기법 가운데 하나이고, 작품의 주제의식과 연결되었다는 점을 감안하면 어느 정도 수긍이 가는 측면이 있다. 계기적 질서를 부정하는 것 가운데 하나가 의미의 생산 방식과 밀접한 관련이 있기 때문이다.

　언어의 합리론이란 곧 의미의 자연스러운 결합과 불가분의 관계에 놓여 있다. 합리적인 것들이 의심받고 있으니 의미 또한 의심받아야 하는 것이 당연한 것 아닌가. 그런 의미의 전복이 곧 시인이 말한 '관계의 또다른 오류' 가운데 하나가 될 것이다.

3. 새로운 동일성을 향한 행보

시인은 자신의 작품 세계에서 그 자신이 현대인의 자의식을 갖고 있다고 굳이 표현하지 않았다. 마찬가지로 현대라든가 지금 여기의 현실에 대해 어떤 형이상학적인 담론을 말하지도 않았다. 그의 시들에서 현대를 상징해줄 어떤 거대 담론을 발견하기 쉽지 않은 것도 이런 시적 특색과 무관하지 않다. 그럼에도 그의 시들은 거다란 음성에 기대지 않고 차분한 음성으로 이 시대가 직면하고 있는 문제들에 천착해 들어간다. 그 중심에 놓여 있는 것이 원인과 결과의 관계, 곧 인과론적 질서의 세계였다. 시인이 인과론의 세계를 시집의 중심 주제로 놓고 있음에도 불구하고, 그것을 이 시대의 중심 담론으로 생각하고 있는 것은 아니다. 시인의 의도하고자 했던 것은 질서의 세계가 아니라 반질서의 세계, 곧 합리적 절차에 대한 파괴의 정신이었다. 부정의 정신이 이 시인의 저변에 깔려 있는 기본 정서이거니와 시인은 이를 관계의 종속적 부정을 통해서 이해하고자 했던 것이다.
　시인이 이런 정서를 심연에 깊이 간직하게 된 배경이 무엇인지는 정확히 알려진 것이 없다. 시집의 작품들을 꼼꼼히 찾아보아도 현대 사회의 불온성이나 문명의 무자비한 파괴를 뚜렷하게 표명한 것은 거의 없기 때문이다. 그러나

현대 사회의 불온한 단면들에 대해 이해한 것이 전혀 없는
것은 아니다. 시의 행간을 통해서 시인은 이 시대가 앓고
있는 불행의 단면들에 대해 군데군데 표명해 놓은 것이 있
기 때문이다. 가령 '포르말린의 냄새'(「청개구리」)나 "진
실이 삐뚤어진 울타리에는 유혹이 도사리고/왜곡은 눈덩
이처럼 불어나는"(「춤바람」) 현실에 대해 분명히 말하고 있
기 때문이다. 그리고 서로를 엮어내는, '관계의 종속'은
이 시대의 대표적인 병리적 현상으로 진단한 바 있다.

　이런 병리적인 것들이 서정의 문을 열게 한 요인들이었
으니 그 문을 통해 이제 앞으로 나아가기만 하면 된다. 여
기서 시인이 다시 관심을 갖게 된 것이 '관계의 미학'이
다. 미학이라 했지만 실질적으로는 관계의 되돌림이랄까
정상화라는 말이 적당할지도 모르겠다. 관계가 종속되었으
니 이를 수평의 관계로 바꾸어 놓는 일이야말로 서정의 기
나긴 통로를 거쳐나가는 수양의 한 도정, 곧 시인의 윤리적
감각이 아닐까.

　　나는 유리 방안에 쌓인 털
　　내 몸속에 날다 뽑힌 깃털이 들어있다
　　투명한 안개 사이로 비친 내부
　　안쪽에 정체되어 있는 공간에는 구름이 떠다녔다
　　정박해 빠져나오지 못하는 전설과
　　외벽을 타고 거슬러 오르다 만난 지느러미
　　어둠을 밀고 터널을 지나 새벽은 늘 그렇게 다가왔다
　　소용돌이는 가벼움이 전해주는 어깨
　　어디쯤 귀를 내려놓고 정착할까

살아서 물 위에 떠 다닌다
일렁이며 다시 떠올라 날다가 다시 가라앉기
음악 소리는 귀들과의 입맞춤
귀를 열면 소리가 입이 되기도 하고
입을 열면 눈이 귀가 되기도 한다
눈을 뜨면 하늘이 열리고
하늘이 열리면 깃털이 난다
충전 900 프로

　　　　　　　　　　　　　　　　　　－「날개」 전문

  비록 짧은 서정시에 불과하지만, 그 함의하는 내용은 이
상의 「날개」와 비슷하다. 「날개」가 말하고자 했던 것은 유
폐적 자아의 피곤한 일상이었다. 이상은 이런 폐쇄된 공간
에서 탈출하고자 시도하지만, 그 해방의 과정이 결코 녹록
지 않음을 알게 된다. 박종영 시인의 행보 역시 「날개」의
주인공과 닮아 있다. 그러나 서정적 자아는 「날개」의 주인
공처럼 그렇게 무기력하지 않다. 유폐된 감옥을 탈출하고
자 하는 의지가 「날개」의 주인공과는 비교할 수 없을 정도
로 능동적이고 적극적이기 때문이다.
  서정적 자아가 유폐된 골방에서 탈출하는 과정 역시 관
계의 미학에서 찾을 수 있다. 시인은 「관계의 오류」에서
세상의 모든 관계들이 '종속'에 놓여 있는 것으로 이해했
다. 따라서 이로부터 벗어나기 위해서 '종속'이라는 관계
의 틀을 근저에서부터 무너뜨려야 했다. 그러한 과정이 위
시에서는 보다 구체적이고 감각적으로 이루어진다. "음악
소리는 귀들의 입맞춤"이라고 했는바, 이는 정상적인 절차

에 해당된다. 앞서 시도되었던 관계의 전복이 전혀 일어나지 않는 것이다. 어떤 면에서 보면, 이는 또 다른 인과론으로 이해할 수도 있을 것이다. 그러나 이는 근대 사회를 파국의 한 단면으로 이끌었던 형이상학적인 것, 곧 기계론적 오류와는 분명 구분해야 한다는 사실이다. 어떻든 "소리는 귀에 닿고, 귀를 열면 소리가 입이 되기"도 한다. 그리고 "입을 열면 눈이 귀가 되기도 하고", "눈을 뜨면 하늘이 열리며", 궁극적으로는 "하늘이 열리면 깃털이 난다"고 했다. 이런 원근법적 확산으로 전개되는 열림의 과정을 충실히 따라가다 보면, 유토피아의 장, 곧 '하늘'을 보게 된다.

여기서 '하늘'이란 '골방'의 반대편에 놓이는 공간이다. 이런 면에서 이상은 실패했으나 시인은 성공했다고 할 수 있다. 하늘을 보고 하늘의 음성을 들을 수 있으니 폐쇄된 자아는 더 이상 그 상태로 머무를 수 없었던 것이다. 이 작품을 이끌어가는 중심 소재는 신체적 이미지이지만, 그러나 그 기관들은 각자의 독립성이나 고유성을 주장하지 않는다. 다시 말해 그 자리에서 다른 기관들과 거리를 유지한 채 그들만의 기능이나 사유의 고립에 갇히지 않는다는 뜻이다. 이는 관계의 종속이 아니라 관계의 조화 때문에 가능해진 것이다. 이런 조화만이 하늘을 만날 수 있는 것인데, 하늘은 원형적 국면에서 보면, 커다란 조화의 세계이기 때문이다.

비를 좋아하던 그녀
아이스커피를 하나 들고 그녀를 만나러 간다

그녀에게선 희고 깨끗한 냄새가 난다
그녀의 몸은 뽀얀 우윳빛깔
그녀를 만나면 내 마음도 맑고 순수해진다

그녀가 좋아하는 빗속에는 슬픔이 묻어 있고
그녀의 눈망울 속에는 외로움이 가득 들어있다
하얀 그리움을 만나러 가는 길
항상 신비스럽고 설렌다

차창 밖은 짙은 녹음이 스쳐 지나가고
이렇게 비가 내리는 밤이면
내 마음도 빗물이 되어
그녀 속으로 스며들어 흠뻑 젖는다

비가 내리는 캄캄한 밤이면 지독한 그리움이 밀려오고
인기척에 무심코 창밖을 보면
안개꽃처럼 환한 웃음의 그녀가 비를 맞고 서 있다

-「목련」전문

이 작품을 이끌어가는 주요 함의는 '그리움'이다. 시인은 작품의 내용대로 '그녀'를 무척이나 그리워하는데, 그 이유는 단순 명료하다. 그녀한테서 "희고 깨끗한 냄새"가 나고, 그녀의 몸은 "뽀얀 우윳빛깔"이 나기 때문이다. 그리고 그것이 서정적 주체에게는 "그녀를 만나면 내 마음도 맑고 순수해지기" 때문이라고도 했다.

실상 '목련'을 향한 서정적 그리움은 두 가지 국면에서 그 의미가 깊은 경우이다. 하나는 모성적인 상상력이고, 다른 하나는 자연에 대한 동일성의 감가 추구이다. 그러나 이 두 가지 국면이 서로 다른 지대에서 오는 것은 아니다. 모두 모성적인 상상력과 분리하기 어렵게 얽혀있는 것이기 때문이다. 시인이 이런 자연의 세계로 회귀하는 것은 어쩌면 당연한 수순처럼 이해된다. 이 작품에서 우리는 시인의 걸어온 서정의 도정을 어느 정도 이해할 수 있다는 점에서 그러하다.

시인이 인과론적 질서나 관계의 종속에 대해 우려한 것은 현대 사회가 안고 있는 불온성 때문이었다. 자연과 인간의 분리, 그에 따른 욕망의 무제한적인 발산이 이 시대의 비극을 만들어낸 원인이었다고 보는 것이다. 시인을 에워싼 정신의 혼돈과, 시어의 의미에 대한 개념적 접근이 어려웠던 것은 자연이 주는 시대적 함의들에 대해 외면했기 때문이었다. 시인은 「섬」에서 그러한 혼돈의 가능성을 이미 언급한 바 있다. 이 작품에서 시인은 '섬'을 찾아갈 수가 없다고 했고, 그 이유는 "바다가 언뜻 말할 때 제대로 적지 못한 것" 때문이라고 했다. 시인이 찾아나서는 서정의 유토피아가 '섬'이라고 한다면, 시인은 그곳에 결코 도달할 수 없었던 것이다. 자연이 주는 경고나 함의에 대해서 무시하거나 거리를 두었던 시인의 게으른 탓, 아니 근대인의 오만에 그 원인이 있었던 까닭이다.

눈을 감고 마음으로 느껴보세요

창문을 열고 스피커를 끄고

자연의 소리를 들어 보세요

졸졸졸 시냇물 소리가 들리시나요

숲 속 나무들의 숨소리가 들리나요

맑고 깨끗한 숲 냄새가 느껴질 거예요

조금 전에 봄이 도착했습니다

봄꽃도 한가득 가지고 왔네요

숲 속에 봄을 심어볼까요

- 「봄이 오는 소리」 전문

　　원인과 결과의 정확한 일치에서 오는 인과론의 세계는 근대 사회를 이끌어온 중심 테마였다. 만약 근대적 이상과 계몽의 희망이 의심스러운 것이 아니었다면, 인과론이나 합리성의 세계는 비판의 대상이 아니었을지 모른다. 그러나 어떻든 근대는 불신의 대상이 되었고, 인과론의 세계는 더 이상의 정합성을 갖기 어려워졌다. 시인이 공부했던 기계론적 인과성이 이 시대의 불행한 단면들을 치유하기에는 매우 난망한 일로 생각되었던 것으로 이해된다. 그 이해의 결과, 시인은 관계가 만들어내는 오류들에 대해 천착하기 시작했고, 그 사유의 결과가 시인이 펼쳐 보이는, 이번 시집의 주제의식이었다.

시인은 한편으로는 인과론이 주는 오류의 세계를 극복하기 위해 그것이 주는 한계에 대해 집요하게 비판의 촉수를 펼쳐보였다. 그것이 전복의 사유였고, 상상력의 무한한 확장으로 발산되었다. 그 결과 종속이라는 관계는 허망한 것이었고, 비생산성의 담론이라는 결론을 얻어내었다.

그리고 그 사유의 한편에서 탐색한 것이 「봄이 오는 소리」와 같은 자연의 세계였다. 자연이란 이법과 질서가 충실히 구현되는 공간이다. 질서나 이법이 충실히 구현되는 세계인데, 그렇다고 이런 질서의 세계가 근대 과학이 주는 인과론적 질서의 세계, 근대적 사유의 세계와는 전혀 다른 경우라 할 수 있다. 인과론의 반대편에 놓인 것이 자연의 동일성인 까닭이다. 자연은 구분이 없는 세계이기에 관계가 만들어진다거나 종속의 틀이 형성되지 않는다. 따라서 관계의 종속을 부정했던 시인이 이런 자연의 세계로 틈입해 들어가는 것은 지극히 당연해 보인다. 자연은 수평의 세계일 뿐 어떤 종속도 만들어지지 않은 전일한 세계이기 때문이다. 관계가 종속이면 구속이고 감옥일 뿐이다. 반면, 그것이 수평이면 자유이고 해방이다. 인간의 유토피아는 이런 공간에서만 실혈될 수 있을 것이다. 종속으로부터 벗어난 시적 자아가 이런 열린 공간 속으로 들어가는 것, 곧 수평적 관계에 대한 영원한 그리움, 그것이 이번 시집의 커다란 주제이다.

시와정신시인선 29

우리 밥 한 번 먹어요
ⓒ박종영, 2019

초판 1쇄 | 2019년 11월 15일

지 은 이 | 박종영
펴 낸 곳 | **시와정신**
주   소 | (34445) 대전광역시 대덕구 대전로1019번길 28-7
　　　　　　신창회관 2층
전   화 | (042) 320-7845
전   송 | 0507-713-7314
홈페이지 | www.siwajeongsin.com
전자우편 | siwajeongsin@hanmail.net
편   집 | 정우석 010_9613_1010
공 급 처 | (주)북센 (031) 955-6777

ISBN 979-11-89282-22-6   03810

값 9,000원

· 이 책의 판권은 박종영과 **시와정신**에 있습니다.
· 지은이와 협약에 의하여 인지를 생략합니다.
· 잘못된 책은 바꿔드립니다.
· 본 시집은 충남문화재단 창작기금 지원으로 출간되었습니다.